KB207122

집게 발가락

-시와 에세이

글·그림 이경숙

여는 글

일상에 매몰되어 스스로를 의심할지도 모르고 당연시하게 살고 있을 때 문화센터 글쓰기 공부방이 선물처럼 가까이 내 주변으로 왔다.

쏟아지는 모다깃 빗속을 어느 소년이 자전거 바퀴 사이로 비 꽃을 튕기며 빠르게 달려가고 있을 때, 내 우산 가로 떨어지는 낙숫물도 분주하게 걷는 장화 속에 비 구슬이 떨어지던 날, 아내로 엄마로 살면서 잊고 살았던 내 이름을 찾아 설렘을 안고 등록을 마쳤다.

같은 뜻을 가진 문우들과 함께하면서 내 안에서 교만과 질투가 튀어나와 화가 났고 때론 미친 듯이 울고 웃고 나를 소진 시켰던 그 모든 전례의 대상이 나 자신이었음을 글쓰기 공부를 통해서 깨달았다.

좋은 시를 많이 필사하고 내 안에 이야기를 글로 자

주 펴내 놓아야만 나 자신을 알아갈 수 있고 자신을 잘 알아야 좋은 글을 쓰는 지름길이라며 지도해주시는 선생님의 말씀을 20년이 훨씬 넘도록 듣고 있다.
쟁백이 끝에서 짚 똬리를 틀고 앉아있는 삶의 기억을 풀어서 글로 옮기다 보면 방광에 가득한 오줌보를 열어서 내보낸 양 시원함을 맛보면서 어쭙잖은 글이지만 나를 다시 볼 수가 있는 희열과 편안함을 느끼기도 한다.
내가 편해야 남도 편하듯 내 글이 나를 위로하고 또 다른 누군가를 위로할 수 있고 공감이 되기를 바란다. 쭉정이가 알곡이 차기를 부단히 지도해주시는 고석근 선생님께 감사드린다.
글을 쓰며 펜을 놓지 않는 엄마가 멋있고 자기 주변에서 엄마가 작가님이라서 좋겠다고 부러워한다며 내 엄마가 너무 자랑스럽다고 말해주는 딸. 그리고 며느리의 응원과 사위 아들 손주 손녀가 주는 응원에 고마움을 전한다.

2024년 여름 이경숙

추천의 글

잃어버린 '시인 정신'을 찾아서

고석근(작가. 인문학 강사)

이경숙 시인에게서는 언제나 풋풋한 향기가 난다. 현대인이 잃어버린 인간의 원초적인 향기다.

시인과의 인연은 깊디깊다. 28년 전 우연히 만나 공부의 길을 함께 가게 되었다. 이 세상이 책이었다.

우리는 함께 강의실에서 술집에서 이 세상을 읽고 글자를 써나갔다. 허공에 맴돌던 글자들이 시가 되고 에세이가 되었다.

시인은 굴다리를 지나다 담벼락에서 '담쟁이넝쿨'을 본다. '호기심 많은 고사리손'이 '바람보다 가볍게 출발을 선포한다.'

'삽시간에 담장 끝에 올라서/ 해를 잡아 흔들고 서 있다.'

이 세상은 한순간에 신화의 세계가 된다. 찰나가 영원이다. 유한과 무한이 하나의 파동으로 어우러진다.

이 세상의 실상은 에너지장이다. 우주의 춤이다. 하지만 이 세상은 딱딱하게 굳어 있다. 시인은 '무색공원'을 망연히 바라본다.

성큼 서 있는 공중화장실 벽에
양지가 펴져 있다.
따뜻한 볕 드는 그곳에
나무 의자가 붙어있고
너덧 노년 사내들이 앉아있는다.

가장으로 힘줄을 좌지우지하던
장닭 같은 기백은 오간 데 없고
시들은 닭 볏처럼 말을 잃고 시선을 잃었다.
헐렁한 주머니 안에 손을 넣었다 뺐다 하며
도로륵도로륵 연신 굴리는 마른 호두 두 개가
시나브로 잃은 기억을 맞추고 있다.
빛이 비껴간 음지 모퉁이에선 열댓 살쯤
아이들이 목 부러진 수수처럼
고개를 떨구고 있다.
스마트폰에 잽싸게 꽂은 충혈 된 눈빛과
움직이는 바쁜 손가락 장단이
벙어리 모의 접선이 한창이다.
같은 틀에서 튀어나온 운동복과
걸음 폭이 일정한 것은 훈련된 군홧발 같고
하얀 선 조깅 원을 맴맴 돌 때마다
걷는 걸음만큼 굳은 정적이 쌓인다.
눈빛을 차단한 까만 안경이 더 숭악하게 보이고
언어를 틀어막은 입마개가 고름 붕대 같다.
사람 손이 연결된 목줄에 힘을 실은 애완견만이

마주친 눈빛에 대신 짖어주며 반응한다.
개가 사람을 끌고 간다.
모두가 눈먼 봉사

-「무색공원」 전문

아, 어떻게 해야 할까? 죽은 줄도 모르는 사람들이 살아가는 이 잿빛 세상을. 시인은 모신(母神)을 불러낸다.

시인은 이 시대 대지모신(大地母神)의 부활을 간절히 염원하고 있으리라. 지구를 슬프게 굽어보는 어머니 신(神)을.

인류는 오랫동안 모계사회였다. 산천초목이 모신(母神)이었다. 인류는 어머니의 품 안에서 한평생을 안락하게 보냈다.

그러다 농업혁명이 일어나고, 철기가 등장하면서

강력한 아버지가 등장했다. 아버지는 율법의 이름으로 이 세상을 지배했다.

시인은 어머니에게서 수천 년 동안 면면히 이어져 온 대지모신을 발견한다.

어머니는 해거름을 한발 앞서
머리에 인 콩 다발을
두 팔로 단단히 받쳐 들고
집으로 향합니다.
무명 저고리는 젖가슴 반쯤에 걸쳐있고
등때기는 해진 속옷이 훤히 보입니다
허리를 한 번 더 중 끈으로 질끈 동여맨
몸배바지 종종걸음에서
뜨거운 숨소리가 삶의 진동으로
바람을 일게 합니다.
어머니의 풀린 옷고름을 잡고
때꼬쟁이 아이는 날듯이 푸닥대며
뒤따르다가 문득

머리에 이고 있는 콩 다발 묶음이
어머니의 잘쭉한 허리보다
열 배는 더 커 보입니다

-「콩 다발」전문

꿈속에서 모두 헤맬 때
벌써 정지로 들어간 어머니
아궁이에 불을 지피면
밥솥 무쇠 솥뚜껑이 애벌김에 버금 물며 달싹인다.
호미 한 자루 거머쥐고
언덕 넘어 밭으로 향할 때면
좁디좁은 풀 둑길의 밤새 젖은 풀 이슬
조곤조곤 밟고 가는 고무신 속이 흥건하다.
약삭빠른 호미질에 후딱 김맨
너덧 고랑 새 각시 미소처럼 이쁘다.
산날망에 해가 솟아 오를랑 말랑
식솔들 아침 조반에 마음은 총총
고추밭 사이로 종종걸음일 때도

어느새 훑어 내렸는지 옹 맺은
치마 앞자락에서 풋고추가 술술
찬물 한 바가지 들이킬 새 없이
정지로 들어가 다시 나무한 줌
지펴 가마솥 밥을 뜸 들이고
풋고추 쌈 된장을 바삐 내놓은 아침 밥상
땀 흘린 젖고랑 사이는
끈적끈적하고 겨우 한숨 돌려
툇마루에 걸터앉아 어머니는
그 무슨 생각에 먼 산을 보나?
밟고 타고 기대고 놀던
어머니의 땀 냄새
그리운 젖고랑

-「우렁각시」 전문

이제 모신은 사라졌다. 그 자리에 각종 눈부신 물질문명의 이기들이 자리를 잡았다. 우리는 물질문명의 손길 속에서 살아가고 있다.

시인은 여신(女神)이 되어 아픈 사람들을 찾아다닌다. 천 개의 눈으로 보고, 천 개의 손으로 보듬어 준다.

"에휴~이게 뭐예요? 큰일났구먼."
휴일 잘 보내고 월요일 출근한 요양보호사는 기겁한다.
어르신이 등을 보이며 아프다고 한다.
들여다보니 등이 온통 벌겋게 달아있고 살 거죽이 흐물흐물하다.
성이 난 상처는 뾰록뾰록 끝부분에 누런 농가진에 독이 올라와 있었다.
"에휴~어르신 등이 왜 이런데요?"
"응! 내가 그제 밤 모기가 등에 들어가 물어서 어찌나 가려운지 누가 긁어줄 사람도 없고, 효자손으로 북북 긁다가 성에 안 차서 에프킬라를 냅다 뿌려댔어."
(…)
정신도 몸도 다 훔쳐 가고 병까지 주었어. 병원은 뭣 하러 가?
약은 뭐 공짜야? 약 한번 줄 때 약한 알에도 서너

가지 병 딸려 보내는 거 내 모를 줄 알어?
병 주고 약 주고 약 주고 병 주고
세상살이가 통시에서 개 부르듯
그렇게 쉬운 건 아니지.
사는 게 가혹허구
사는 게 고독 혀~"

-「고독해서 오는 반항」 부분

'병 주고 약 주고 약 주고 병 주고' 이 세상은 한 인간을 돈벌이 수단으로 본다. 한 인간이 할 수 있는 건, 반항뿐이다.

"백 살이~다 돼가니~물이 빠지듯~ 다 빠지네~~
머리털도~다 빠지고~아래 털도~ 다 빠지네~~
가지가지 갖은 병은 구부러진 곱사등에~
가득 짊어지고~
힘 빠진 방안 퉁으로~버티고 있는~
묵은 장롱 신세로세~"

90세 복순 씨는 중증 치매다.
모든 언어를 가락으로 말한다.
엉덩이를 바닥에 붙이고 앞뒤로 왔다 갔다 흔들다가 뱅글뱅글 돌기도 한다.
기억하고 싶은 것만 기억하고 같은 얘기를 반복한다.
어릴 적 추억을 소환해서 판소리 한마당을 벌인다.
쉬지 않고 전래동화 들려주듯 창을 한다.
(…)
겨울이라 다섯 시 반쯤 되면 밖은 어스름하다.
퇴근 시간 삼십 분 남겨놓고 혈액순환이 부족한 관계로 발이 차가워진 복순 씨를 위해 늘상 하던 대로 대야에 따순물을 담아 족욕을 시켜드린다.
장딴지부터 발을 비누 거품을 뽀록뽀록 마사지하듯 문지르면서
"어르신 발이 참 예뻐요."
아기 추장처럼 웃으며 복순 씨는 화답하신다.
"응! 내 발은 뒤꿈치도 달걀같이 이쁘지!"

-「발이 예쁜 복순 씨」 부분

시인은 이 시대의 무당이다. 우리들의 가슴 속에 응어리진 모든 아픔, 한들을 신명으로 풀어낸다.

시인은 잠수함의 토끼다. 잠수함이 바다 깊이 들어가면, 산소가 부족해진다. 토끼가 헐떡이기 시작한다.

선원들은 토끼를 보고 잠수함을 바다 위로 올라오게 했다고 한다. 세상만사에는 징후가 있다.

시인은 징후를 민감하게 알아챈다. 우리 사회를 신나는 지옥이라고 한다. 사람들은 지옥에서도 신이 난다.

이경숙 시인의 시와 에세이에는 깊은 아픔, 서러움이 배어 있다. 조만간 모든 사람이 아픈 날이 다가올 것이다.

이 시대의 모든 사람이 시인이 되어야 한다. 시인의 눈으로 이 세상을 바라보아야 한다. 너와 나, 인간과 동물, 자연과 문화… 이 모든 것들을 하나로 볼 수 있어야 한다.

그리하여 이 세상은 마침내 모두가 하나인 대동세상(大同世上)이 되어야 한다. 모두가 하나의 춤이 되어야 한다.

차 례

Ⅰ.시편

1부. 겨울 장미

2부. 우렁각시

Ⅱ.에세이편

3부. 집게발가락

4부. 혼자 피는 들꽃

Ⅰ. 시편

1부.

겨울 장미

담쟁이덩굴

굴다리를 지나는 담벼락
풍성하게 펼쳐 널린 초록 이불이 복닥복닥 수선스럽게 들썩인다
바람이 들척일 때마다
호기심 많은 고사리손이
이불을 살짝 밀치며
빼꼼히 얼굴을 내밀고
잽싸게 나와
바람보다 가볍게 출발을 선포한다
정확히 가는 법을 알기에
재치 있게 뒤 한번 보지 않고
앞만 보고 걷는다
묶여 있지 않은 자유로
분간하지 않고

지체할 것도

물러서는 법도 없이

배짱 한번 두둑하다

삽시간에 담장 끝에 올라서

해를 잡아 흔들고 서 있다

무화과

약을 치지 않고
그 냥 둔 다
꽃보다 먼저
다롱다롱 열매가 익으면서
일렬종대 개미가 이영차 올라가서 핥고
날파리도 날아와서 빨고
온갖 잡새도 달달구리 맛을
쫍쫍거린다
살점이 실했던 무화과,
시계추처럼 이리저리
흔들리며 반동가리 되다가
툭 떨어지면
설사 튀듯 납작 쿵!
달달구리 향이 퍼지면

떨어지는 소리보다 더 빠르게

일렬종대 개미가 헤쳐모인다

그 후로는

개미보다 날파리보다 새보다

더 빨리…

흐린 봄날

대어를 낚을 듯 마른 우뭇가사리 그물이
우뚝 선 나무 위에 헤쳐져 있지만
하늘은 잿빛 바다 흙탕물을 풀어놓고 있다
골목 보도블록 틈새 이끼가
밟고 지나는 걸음을 반추하며
초록 줄눈이 보풀처럼 일어나있고
담장 밑에는 바람에 밀려 바스러지는 개똥과
언제 싼 지 모를 검버섯 새똥이
비벼진 잡티 검불을 젖히고
민들레가 고개를 내밀며 꽉 쥐고 있는 세상을 편다
골목은 지금
말문이 막 트이려는 명랑한 아기 옹알이

앙큼한 고승

신발 끈을 야무지게 묶고
바람을 만나러 산사에 오른다.
고찰에 들러 비구니 경전 소리와 함께 합장한다

절간 등산로 몇 걸음 앞에서
사지를 벌리고 벌러덩
누워있는 고양이

보는 이들이 번갈아 배를 쓰다듬고 털을 어르며 소
란이다.
가다 만지든 오다 만지든 미동 없는 하세월
지그시 감은 눈은 보는 듯 안 보는 듯
죽은 듯 산 듯 입가에 회심의 미소가 가득

겨울 장미

낮은 시멘트 담장 위에
철조망 울타리 구멍 사이로
모가지를 길게 내민
붉은 장미꽃은
더는 앞서지도 뒤서지도 못하고
사형수의 목을 자르는 단두대에서
백열등 코일처럼 꽃술이 떨고 있다

눈발 날리는 한겨울
두서없는 흉흉한 바람
넋이 빠진 여인의 헝클어진 머리처럼
꽃잎이 헤져 무참하다

지나가는 밤꽃 사내의 질펀한
추파도 일장춘몽이었을 뿐
고개 들지 못하는 쓰디쓴 체념

계곡 순행

마른나무 사이로
산과 산 사이 가로지르는 도랑물
봄의 풀무질에 기세를 올리고 숲은 빗장을 풀었다
겨우내 빙산처럼 날카롭던 돌들을 무디게 하고
물기 없는 여자의 심신을 적셔 준다

응달에서 자라지 못한 나무가 말라가며 폐가전처
럼 보였지만
잔가지를 얼기설기 올려놓고
수억 개의 혈관을 뻗어 수액으로 뿌리까지 적시고
있다

굽은 나무를 닮은 굴곡진 길을 여자는
질겅질겅 껌을 씹으며 숨 가쁘게 걷는다.

유충을 핥아먹듯 풍선을 늘리며 곰같이 놀이를 거듭하는 동안
풍만한 능선이 보이고
따스한 양수를 품고 태아를 기다릴 것 같은
가랑이 닮은 깊은 골에
어느새 낯익은 석양이
지는 듯 타고 있다

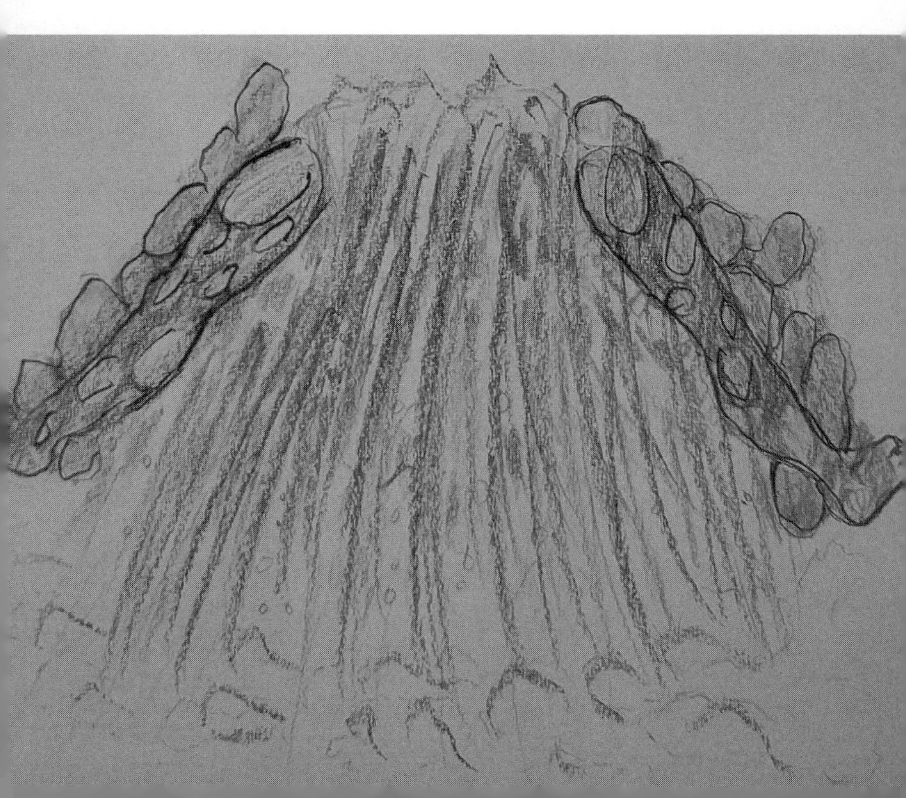

개망초

길목 낮은 둔 턱 밑에 삐쭉하게 솟아 사선으로 자란
개망초
곧 쓰러져 꽃잎 한가운데 달걀노른자가 쏟아질 것
같다

아무리 제멋대로 자라는 풀꽃이라지만
어쩌자고 평지가 아닌 절벽 같은 곳에 홀로 자리를
삐딱하게 틀고 있어
나의 불안을 조성하는 것인지

무심히 지나칠 수 없어
몇 걸음 떨어진 재활용 군락에서 버려져 있는 쇠로
된 바지랑대를
해체해서 지지대를 심어 받쳐주고 나니

그제야 내가 바로 선 것 같고
손바닥에는 녹슨 쇳가루가 촘촘히 묻은 것이 보인다

농번기에 학교에서 돌아오면
텅 빈 마당에 너덧 마리 닭이 한가롭게 돌을 쪼고 있다
닭장 안에서는 알을 낳고
큰 벼슬을 했다고 꼬꼬댁 자발스럽게 알람을 울리며
밖으로 나오는 닭을 보며
누가 볼세라 언능 들어가
따끈한 알을 들고나와
호로록 마시려다 놓쳐버린 달걀
털썩 퍼져 땅바닥이 노랗고
내 얼굴도 노랗고…

해가 점점 지면서 못 먹은 아쉬움보다 달걀 서리 죄책감으로
밖으로 뱅뱅 돌다가
어스름한 뒤에야 싸리문을 삐딱하게 조금 열고 그

사이로 몸을 베베틀며 들어서자
어머니가 가마솥에서 박박 긁은 누룽지를
내 손에 물을 살짝 묻히고 건네준다.
두 손으로 꾹꾹 뭉치면서 한 잎 한 잎 아껴가며 베
어먹고
녹슨 쇠 만진 듯 누릿하게 묻은 끈적인 손바닥까지
핥아먹은 속까지 노랬던 그날

해보기나 해 봤어?

20대에 처음으로 서울 와서 지하철을 타게 되었다.
사람이 많아서 앉을 자리가 없어서 서 있을 수밖에
없었다.
지하철이 흔들릴 때마다 넘어지려 해도 유난이 키
가 작은 나는
위를 보면 천장 손잡이 고리가 한없이 높아 보였다.
과연 잡을 수 있을지?
닿지 않으면 창피할 것 같은 고민……
어렸을 적 엄마가 늘 말씀 하시길
한배에 낳았어도 아롱이다롱이라고
열이 나왔는데 어찌 이리 생김새며 키도 다 틀리냐며
큰놈은 큰놈대로 싱겁다는 소리 듣지 말고
작은놈은 작은 대로
기죽지 말고, 지 생긴 대로 살면 된다고

말씀하셨지만

작게 낳은 엄마를 원망도 잠시 해보며…

결국은 잡을 용기를 놔버리고

몸이 지하철과 같이 흔들리면서

이 사람 저 사람에게 치대는 민망함과

남 발등까지 밟으며 민폐를 끼치게 되었다.

흔들리다 보니 여기가 어딘지 모르고

목적지보다 두 정류장을 지나게 되어

다시 택시까지 탔다.

지금도 아쉬운 건

손잡이가 닿을지 시도를 안 해보았다는 것.

그 후로는 해보고 싶은 일에는

망설이지 않고 도전해 본다.

이제 자가 운전하다 보니

지하철 이용할 기회도 없었고 잊고 있었는데

이제라도 다시 지하철 타고

손잡이를 잡아 볼까 싶다.

그런데 요즘 지하철 손잡이는 있나 몰라?

있어도 없어요

삼삼오오 지인들이 모인 자리에서 두 명이 시비가
오갔다.

서로 자기가 옳다는 엇갈림이 바로 끝날 것 같지 않
은 징그러운
강 대 강이다.

심지어 옆에 있는 그녀에게 편들어 주지 않고 보기
만 한다고
서운하다고 하니 유치한 발상이 좀스럽다.

그래서 그녀가 중재하기를,
너 말도 맞고 재 말도 맞고
너 말이 안 맞고 재 말이 안 맞을 수도 있으니

둘 다 이쯤에서 언쟁을 끝내라고 몇 마디 거들었더니
대뜸 혈액형이 뭐냐고 묻는다.
-AB형
그러자
혈액형이 두 가지가 섞여서
이중인격자고 이것도 맞고 저것도 맞다고 하는 거라며 잠자코 있으란다.

그렇게 말하는 소리에 벽 앞에 서 있는 것 같았고
상대가 안개처럼 삽시간에 사라지는 것 같아 웃었다.
그랬더니, 비웃는 거냐며 거품 물은 개 같이 이빨을 드러내며 사납게 짖는다

더 큰 벽 앞에서 더 크게 웃음이 나왔다.

서로 있어도 없는 듯

백만 송이 장미공원

개화한 꽃만큼이나 빛깔이 다른
신발들이 출렁이는 물결

간밤에 내린 도둑비 맞고
앞서 피었던 꽃잎이
닳아진 행주처럼 너덜해져
노쇠해지고
이제 막 물이 오르면서
배냇머리 깎아놓은 듯
명털 하나 없이 매끄러운
꽃봉오리

먼저 피고 지며 깨달은 지혜를
고스란히 내림 받아 조리 있게

차곡차곡 여물은 봉우리에서
꽃으로 피어나는 모습은
아기와 할머니가 함께 어우러져 흐르듯
살폿한 조화

걸음걸음들은
자신이 꽃이라고
꽃길만 걷기를 소원하며
시들고 싶지 않은
간절함과 아우성으로
꽃밭은 낮이 지지 않는다

잠수

높이 메어 날마다
혼자 타는 해는
기어이 바다에 몸을 던졌다

매일 붉어져
타들어 가는 목마름을
바다는 다 아는 듯
꼭 보듬어 주었기에
일상의 허울을 벗었다

잠적한 혼돈의 자맥질은
의문도 긍정도
잠시 비껴두고
한바탕 격렬한 미친 몸부림이다

그리고 그다음 날

해는 알 수 없는 높이로
그 자리에 떠 있고
바다는 알 수 없는 깊이로
침묵할 뿐이다

아우라지의 낯선 밤

황폐한 삼림
광부의 담배 연기가
밤새 한숨과 어우러져
속절없이 민둥산 검은 무덤만
키웠나 보다.

타다 못 한 억장
끝내 숯검 눈물 스며
뜨락 저편 토담 길까지
시금자빛 앙금 되었나!
양질의 토지는 빛 잃어
무디어만 간다.

쉴 새 없이 매운바람을 맞으며

짓궂게 쏟아지는 억수 비에
변명 많은 감질난 달빛
외면한 듯 야속한 햇살
뻔질뻔질한 아스팔트 위를
엇갈리며 질주하는
금속성 불빛은
냉수만 흩뿌리며 날렵하다.

덜떨어진 못난 마음
지 설움 추스르지 못할 때
의롭게 수호신처럼
서 있는 가로등 기다란 그 빛 아래
잎 무성한 가로수만이
서럽게 묶인 적막의 오랏줄을
나직이 풀고 있다.

잃어버린 텃밭

매일 인터넷 동산에서
무한 사경을 헤매는 그 남자에게선
금속 쇠 지린내가 난다.

손바닥만 한 휴대폰 놀이터가
해와 달을 훔쳐 가는지도 모르고
홀로 동굴 미로 안에서 아이는
혼령이 되어 간다.

압력솥 뚜껑 추가 흔들리며 호들갑스럽게 아침을
깨우듯이
그들을 깨우고 흙냄새 텃밭으로 불러내 보지만

인터넷 먹통에 아날로그
시대를 못 따라간다는 것
되려 볼멘 응답에
구워 꼬인 오징어처럼 뒤틀린
마음만 넘실대며

디지털의 탄식을 술잔에 부어
사정없이 흔들어 마신다

고구마꽃

100년에 한 번 볼 수 있을까 싶다는
고구마꽃이 피었다.

다용도실 귀퉁이에서 볼품없이 썩어가며 발아한
여린 새순은 방치의 분노를 사슴뿔처럼 앞세우고
이 빠진 사기그릇들과 함께 처져 있다.
흔히 볼 수 있는 일이기도 하지만 대수롭지 않게 볼
수도 없다.

그녀는 혼자 33년을 동반한 여식이 출가하며
새 둥지로 떠난 지 며칠 안 되고 홀로 있다 보니
생각이 많고 흰머리 솟듯 쭈뼛쭈뼛 우울증세가 올
라오고 있었다.
환갑 줄에 매달려 먹다 남은 시든 찬밥처럼 윤기를

잃고
쪼글해진 초조한 마음도 켰다.

동병상련인가?
이 빠진 사발에 시든 고구마를 담아 주방 창틀에 놓
고 아침밥 쌀 씻듯 물을 주었다.
성한 곳이 없는 말라빠진 몸 안에 탯줄이 있었나 보다.
제 몸에 막대기를 꽂아도
군데군데 배꼽에서 잎이 나와
용하게도 잘 번성해서 초록 융단을 깔아놓은 듯 풍요
서너 달의 흐름과 함께 잎이 노래지면서 다시
사그라지나 싶더니 마른 듯 앙상한 줄기에서 꽃이
피었다.
엷은 분홍빛으로 감도는 나팔 모양이다.
꽃받침 주변으로 선홍빛의 도발적인 자태가 매력
적이다.

엄마의 관심이 소홀할 때
아기는 아프다고 한다.

식물들도 사람의 발소리에
큰다고 했다.

한겨울 주방 창틀에 앉아
매일 그녀의 눈곱을 떼주고
좋은 일이 있을 것 같게 하는
그래서 꽃말도 행운이라는
흐뭇한 고구마꽃,

하지 감자

살점을 버리고
오로지 씨눈만 얻고자 칼로 조각조각 도려냈다.
포실한 흙무덤 어둠 속에서
그림자를 눈물로 씨눈 틔우고 강단 있는 푸른 잎은
밤바다의 어화처럼 환하게
꽃이 피었다.

호미질한 밭이랑에서 덩이 출마다.
굴비 꿴 듯이 두렁두렁 순산이다.
조각낸 노여움을 삼키고
거친 시간을 다듬고 탄생한 덩이 무더기
내리쬐는 하지 볕이 씻겨 놓으니
뒹굴뒹굴 뽀얗다.

보는 이의 마음을 흔들어 놓는다

응시

귓밥이 떨어지도록
요란하게 때리는
핸드폰 알람에 등 떠밀려
일어나 일상이 시작되고
내비게이션의 조종으로 달린다.
카페 식당 사무실
골목 도로 어디에든
도리도리 CCTV 카메라
해 저문 밤 일과를 마치고
집으로 들어가는 아파트 입구에서조차
너, 오늘 한 일을 다 알고 있다는 듯
시뻘겋게 충혈된
외다리 외눈박이 몬스터 CCTV는
외국 영화 <처키>를 연상하고

소름이 돋는다

휴일!

일 안 하고 놀고 있어도

일하는 것만 같은 강박에

밤새!

잠을 자면서도 깨어 있는

위세당당

운전하며 매일 출근하는 일방통행 길을
촉박하게 지나가는데 파지 상자를 키보다
두세 배 높게 쌓아 앞이 보이지 않는 손수레를
화살같이 허리가 구부러진 할머니가 눈깜땡깜
그저 깜으로만 밀며 앞서가는 게 부지하세월이다.

"할머니!
뒤도 한 번씩 보면서 차가 오면
손수레를 한쪽으로 비켜서 있다가 가세요. 제발!"

"이년아! 내 달구지가 어떤디 그려,
넓은 길 놔두고 왜 좁은 길로 다녀? 네가 큰길로 다녀!"

무색공원

성큼 서 있는 공중화장실 벽에
양지가 퍼져 있다.
따뜻한 볕 드는 그곳에
나무 의자가 붙어있고
너덧 노년 사내들이 앉아있다
가장으로 힘줄을 좌지우지하던
장닭 같은 기백은 오간 데 없고
시들은 닭 볏처럼 말을 잃고 시선을 잃었다.
헐렁한 주머니 안에 손을 넣었다 뺐다 하며
도로륵도로륵 연신 굴리는 마른 호두 두 개가
시나브로 잃은 기억을 맞추고 있다.
빛이 비껴간 음지 모퉁이에선 열댓 살쯤
아이들이 목 부러진 수수처럼
고개를 떨구고 있다.

스마트폰에 잽싸게 꽂은 충혈 된 눈빛과
움직이는 바쁜 손가락 장단이
벙어리 모의 접선이 한창이다.
같은 틀에서 튀어나온 운동복과
걸음 폭이 일정한 것은 훈련된 군홧발 같고
하얀 선 조깅 원을 맴맴 돌 때마다
걷는 걸음만큼 굳은 정적이 쌓인다.
눈빛을 차단한 까만 안경이 더 숭악하게 보이고
언어를 틀어막은 입마개가 고름 붕대 같다.
사람 손이 연결된 목줄에 힘을 실은 애완견만이
마주친 눈빛에 대신 짖어주며 반응한다.
개가 사람을 끌고 간다.
모두가 눈먼 봉사

티비를 켜면

닫혀있는
유리창을 장맛비가
쉴 새 없이 때리며
빗방울 곰보딱지를 붙인다.

화면 속 밀당 썰당이
조근조근 씹고 뱉고
피노키오를 서로 자처한다.
자본주의 조작 근사한 광고가
허위와 허식 소비를 외치며
미안함을 상실시키고
잘못 발라먹은
후쿠시마 원전 생선 가시가
불편하게 섞여 있다.

입속 안이 와글거리면서
추적하고, 습하게
고약처럼 달라붙어
부레 썩은 처절한 냄새만 풀풀 난다.

내리던 비는 잠시 움찔하고
유리창을 확 열어젖히니
분탕질 곰보딱지가 사라지면서
새바람이 가글하듯
모가지를 씻어내린다.

키 작은 아이

한 뼘 정도는 더 큰
친구랑 한바탕 다투다가
키도 작은 것이 까분다는 말에
그냥 자존심 설움에 징징
울고 집에 왔다.

“엄마! 순이가 잃어버린 내 연필
하고 똑같은 것을 가져서 내 꺼라고 달라니까 안 줘.
그리고 나보고 키도 작다고 무시하잖아. 그래서 싸웠어.”

“에구! 미련퉁이야
네가 잃어버렸으면 그만이지!
강경 장날 가 봐라.

우리 집에 있는 똑같은 꺼먹돼지가 쌔고 셌다.
그게 다 우리 꺼냐?
그리고 닭 싸우는 것 봤잖아. 키 작다고 놀리거든 닭처럼
앞가슴을 크게 불쑥 내밀고 제비가 작다고 강남 못 가냐? 강남 못 가냐? 하며
바득바득 밀치며 대들어야지.
남살시럽게 눈물이나 질질 짜고 다니면 쓰것어?
키 작은 거 걱정 마라 다 지 깜냥이 있으니 네 깜냥 껏 살면 된다."

성인이 돼서 결혼하는 날
예식장에서 시댁 작은아버지가
시어머니 옆에 오더니 낮은 소리로
"형수님! 웨딩드레스 입은 며느리 참 이쁜데 키가 작아 인형 같아서 유리 상자에 넣어놓고 쳐다만 봐야지 형수님 밥이나 제대로 얻어먹겠어요?"

결혼 후 한 삼 년 흐른 뒤
시댁 작은아버지가
“형수님! 어때요? 며느리가 밥 좀
잘 해줘요?”

“그럼요. 우리 며느리는
참새 한 마리 가지고도 열두 가지
반찬을 만들어
내놓을 사람이요.”

시인처럼…

한 걸음 더 쑤욱 파고든 겨울
탁자 위에
삶은 달걀 두 개 비스킷 두 개를 얹어놓고
차 한 잔을 마신다
마른 잔가지 사이사이로
바람보다 빠르게 쏘는 햇살
네모 유리창 안으로
네이비 하늘이 일렁이고
들리는 피아노 선율에
잠재해 있던 시 하나를 얹고
그 위에 풍경을 얹고
평화롭고 고즈넉하게……

첫인사

취한 잠에 뭉그적거리고 있을 때
까꿍 까꿍 시 한 수가 눈썹 위에
살포시 앉아 인사를 한다.
바지런한 새색시 쌀 씻는 소리처럼
부지런한 아버지 마당 쓰는 소리처럼

소싸움

뿔을 맞대고 뒷걸음 두어 번 미적대다가
뒷발로 냅다 모래를 흩뿌리며 돌진하는
소싸움을 보면서
코마에 잠긴 감성 바이털이 묘하게 흔들렸다.
부수고 때리고 싶을 때가 있다
한편으론 숨만 쉬고 아무것도 할 수도 안 할 수도
있을
홀가분한 자유를 갖고 싶을 때도 있다.
하고 싶은 게 많았지만 언제나
생각만으로 불발인 것들이 많았던
삶에 대하여
의지를 내지 못하고 도태됨을 자책하며 그냥저냥
세월을 탕진하곤 했다.
세상에서 재미있는 것 중의 하나가 싸움 구경 불구

경이라 했던가?

앞산만 한 덩치로 당돌하게 맞부딪히며 치고 들어가는 쇠뿔을 보면서

거미줄에 칭칭 감긴 생각이 자아 분열되듯 혼란스럽다가

갇혀있는 내 틀이 산산이 부서지면서 정리가 된다.

잘하고 싶은 것이 있다면

잘 쓰고 싶은 글이다.

의지의 뿔로 들이받으며

글쓰기에 들이대려고 한다.

나이 없는 꿈을 꾸면서

2부.

우렁각시

콩 다발

어머니는 해거름을 한발 앞서
머리에 인 콩 다발을
두 팔로 단단히 받쳐 들고
집으로 향합니다
무명 저고리는 젖가슴 반쯤에 걸쳐있고
등때기는 해진 속옷이 훤히 보입니다
허리를 한 번 더 중 끈으로 질끈 동여맨
몸배바지 종종걸음에서
뜨거운 숨소리가 삶의 진동으로
바람을 일게 합니다.
어머니의 풀린 옷고름을 잡고
때꼬쟁이 아이는 날듯이 푸닥대며
뒤따르다가 문득
머리에 이고 있는 콩 다발 묶음이

어머니의 잘쭉한 허리보다
열 배는 더 커 보입니다

우렁각시

꿈속을 모두 헤메일 때
벌써 정지로 들어간 어머니
아궁이에 불을 지피면
밥솥 무쇠 솥뚜껑이 애벌김에 버금 물며 달싹인다
호미 한 자루 거머쥐고
언덕 넘어 밭으로 향할 때면
좁디좁은 풀 둑길의 밤새 젖은 풀 이슬
조근조근 밟고 가는 고무신 속이 흥건하다
약삭빠른 호미질에 후딱 김맨
너덧 고랑 새 각시 미소처럼 이쁘다
산날망에 해가 솟아 오를랑 말랑
식솔들 아침 조반에 마음은 총총
고추밭 사이로 종종걸음일 때도
어느새 훑어 내렸는지 옹 맺은

치마 앞자락에서 풋고추가 술술
찬물 한 바가지 들이킬 새 없이
정지로 들어가 다시 나무한 줌
지펴 가마솥 밥을 뜸 들이고
풋고추 쌈 된장을 바삐 내놓은 아침 밥상
땀 흘린 젖 고랑 사이는
끈적끈적하고 겨우 한숨 돌려
툇마루에 걸터앉아 어머니는
그 무슨 생각에 먼 산을 보나?
밟고 타고 기대고 놀던
어머니의 땀 냄새
그리운 젖 고랑

초가집 문창호지

차라리 날 내버려두오.

벽창호처럼 모르고 살게

빛바래서 텁텁한 채로

수더분한 백치미인데

잔뜩 욕심부린 풀 덧칠

한켠에 국화꽃 문양까지

탱탱하고 도도한 매무새

두드러진 교만함이 꽉 차 보여도

속절없어라.

교교한 달빛 아래

마른 입술 대고 입김만 불어도

어찌할 바 모르고 파르르 떨며

부서질 것 같으니

굴레

얼굴에 그림을 그리며 잡티에 분칠한다.

목주름을 감추려고 머플러를 조이듯 감싼다

흰머리를 검은색으로 물들여 백발을 감춘다

걸음이 무겁다.

거짓 숨이 거칠다.

낮은 꾀에 날개를 잃었다

내면 반란

늘 푸른 소나무이기를
조신한 사대부가 규수이기를
현모양처 신사임당 닮길 원하며
시작한 결혼 생활이 어느새 강산이 한 번 변하고도
또 한 해가
기울어 가고 있는 쓸쓸한 가을
딱 꼬집어 이유 댈 수 없는
내 안에 소리 없는 아우성!
거목이 아닌, 고목이 되는 듯한
서글픔이 푸르지 않고 떡잎 지듯
억울함이 왠지 이젠 신사임당 이기보다는 약간은
풍류에 흐트러진 황진이고 싶다.
대상 없는 혼란 속에 흐트러져 있을 때
"따르릉따르릉……"

전화를 받자 들리는 친정엄마 목소리
"엄마! 나 늙었나 봐 왜 이렇게
아무것도 하기 싫지?"
"얘야! 욕심부리지 마라!
돈 주고도 맘대로 못 사고 갖고 싶다고 도둑질해도
내 새끼 될 수 없는 아들, 딸 마음대로 낳았겄다,
말 없고 속 깊은 김 서방 사장 소리 듣고 싶다고 구
멍가게라도 차리겠다고 껍죽대지 않고 묵묵히 회
사 잘 다니잖냐? 툭하면 큰 회사도 뻥뻥 나자빠지
고 한참 일할 만한 나이 남정네들도 픽픽 잘도 쓰러
지는 얄궂은 요즘 세상,
식구들 건강하면 그게 복이다 당최 아무 소리 말거라."
불현듯 삶의 자세를 추슬러본다.
그래,
꼬리 꼬리 된장 냄새
알싸한 마늘 냄새
분명 내 사명과는 불가분의 관계
부인할 수 없어
거부할 수 없다.

그 남자의 무용담

함박눈이 내리는 12월
어스름한 저녁
송년 모임에 길을 나선다.
달리는 승용차 앞 유리에
달빛 솜뭉치가 환하게 날아와
퐁당퐁당 부딪히며 파편처럼
터지곤 한다.
올해는 눈이 많이 올 것 같다고
핸들을 돌리며 옆 남자가 말한다.
어렸을 때 시골에 살았을 때 발목까지
푸욱푹 빠지고 눈이 오면
벌거숭이 친구들과 아랫도리를
반쯤 엉덩이에 걸치고
허리를 냅다 뒤로 활처럼 젖히고

누가 멀리 누가 더 깊이 온 대지의
눈을 녹일 수 있는지
얼음에 구멍 빨리 내기 등
경쟁했다고
그리고 소복한 눈 이불 위에
오줌발로 북북 갈기며
이름도 휘갈겨 쓰면서
갈지자로 걸어 다녔다고
키득 키득 웃어 댄다
친구 중에 자신이 최고로
셌다고 말하고 싶은
음흉한 저 웃음

글쟁이

풀죽도 못 먹은 듯 깡마른 체구
맑은 웃음이 맨날 새롭다
근육질 사내 이기는 거부한
미숙아로 보이지만
자손종족 보존에 충실했고
무리 없이 풍성하다
그의 자유는
무질서하게 내리는
잿빛 눈과 같지만
가만히 들여다보면 놀랍도록
하얗고 질서정연하다.
노래하는 목소리는
비 젖은 가랑잎 떨듯
억수로 못하지만

시와 문학을 말할 땐
가락과 장단을 신는 듯
모두를 흥이 나게 하고
토끼처럼 귀를 열리게 한다.
내면의 멋 차고 넘치지만
그것마저도 사치라고
하지만
그는 분명 앎의 자유를
넘나드는 타고난 글쟁이
솔직한 시인의 길을 걷고 있다

능소화

날갯죽지가 씀벅씀벅 쑤시며
몸 구석구석에서 날궂이하는 것을 보니
비가 한바탕 쏟아지겠다며
옥상 고추장 단지 덮고
말린 빨래를 걷으라고 한다
날이 흐리고
휘지건 해지면서 어르신 앓는 소리가
내리는 빗소리와 섞여서 구전 곡조 타령을 듣는 듯
하다.
아파서 고통스러운 양쪽 팔을
고추나무 곁 잎 따내듯 똑따서 내버리고 싶다 하고
제 몸에 대꼬챙이를 박아놔도
줄기가 잘 자라는 고구마만도
못한 몸뚱이라고 조물조물

입 투정이 바쁘다

마당 끝 담벼락을 소복하게 타고 올라가는 청록의 잎새가
비를 맞으면서 두드러지게 빤질거리는 능소화 넝쿨을 보다.

혼자서는 서지 못하고
남의 등짝 지지대가 있어야 꽃을 피울 수 있다며
당신도 남은 인생이 자기 살자고 곁사람에게 폐해라 한다.

능소화랑 다를 게 없다고
처지를 비관하면서도
결국 꽃을 피우는 아름다운 능소화를 보면서
그 무엇을 붙잡고 살든 간에 힘내고 야무지게 살아서
죽어 후생 갈 때는 어여쁜 인 꽃을 피우면서 갈 거라고

늙은이가 사는 건
부실한 허드레라고 놓아버렸던 삶을
다시 집어 든다.

단비

추릅추릅

대지를 걸축하게

적셔주는 반가운

맛난 소리

수수를 꺾어

꼭꼭 씹어서 삼키듯

내리는 단비를

오래오래 쭉쭉…

벚꽃길

엄동 바람에 흠씬 흘겨 맞고
사지 등짝이 쩍쩍 갈라졌던
흉측한 몰골이 허물을 벗는다
몸부림으로 지켜낸
매끄럽고 우직한 몸
가지마다 다복하게 모여있는
망울망울 꽃 볼에서
양분이 터지고 만개한 꽃잎이
눈 부신 햇살을 만든다.
아름드리 꽃하늘 길 아래에서
사람들은 꽁꽁 묶었던
바쁜 목도리를 풀고
한량 한 걸음으로 화하게 오간다

동무

꼬질꼬질 지폐에 침 묻혀 세다가
자투리 떼어 시래기 된장 백반
시켜놓고 문득 네가 보고 싶어
찾아 불러내고 싶다.
길 가다가 포장마차에 들러
파전에 혼자 술 한잔할 때
울컥 그리워 젓가락 한 개
잔 하나만 더 얹고 기다리고 싶다.
머리가 희끗희끗 해졌을 때
빨간 모자를 똑같이 쓰고
공원 벤치에 앉아 마주 보고 싶다.
가파른 등산길 정상에서
은빛 머리 바람에 털고
시큰해진 무릎관절을

자근자근 두드리면서

무심히

내일을 얘기하고 싶다.

성교육 받은 손녀

도심에서 어린이집에 다니는 손녀가
시골 외가댁에 왔다.
외할아버지가 반가움에
덥석 안아주자
손녀는 못마땅한 표정으로
허리를 뒤로 발랑 젖히고
다리를 격하게 내둘 때며
"싫어요!"
"안 돼요!"
"도와주세요~~~"

까치와 용사

가을볕 오랜 훈김으로 익혀진 감은
지나는 이들의 입맛을 다시게 한다.
홍시 꼭지를 장대로 꼬집어 따서 오가는 이들에게
정을 나누다 보면 붉은 감으로 틈새 없던 가지 사이에
하늘이 훤하게 걸쳐있다.
하지만 한쪽 편 가지에 한 주렁 남겨놓은 건
멀리 외지에 사는 동생 까치 몫이다.

까치가 온다는 소식을 들으면 수시로 감나무 아래
의자에 앉아 지팡이를 무릎에 걸쳐놓고 행길이 보이는
골목 끝을 바라보다 반갑게 맞아주던 용사가 있었다.

예전에 모기 소독차가 연기를 뿜으며 동네를 지날 때면
아이들이 우르르 따라 달렸다.

폭염이 짙은 먼 이국땅 파월 장병 용사는
헬기가 드넓은 곡창평야를 지나는 소리가 들리면
누가 먼저라 할 것 없이 웃통을 훌떡 벗어 재끼고
온몸을 젖혀
팔을 벌리고 입까지 벌리며 튀어 나갔다 한다.
양손으로 비벼대며 시원해하던 것이 살충제인 줄
도 모르고.

대한의 팔각 해병
참전유공자라는 자부심에 행동에도 긍지를 갖고
있던 용사는
고엽제 후유증으로 빼곡히 달린 감만큼이나 다닥
다닥
합병증을 달고 칠순 초입 다소 서운한 나이에 생을
마감했다.

가누기 힘든 몸의 무게를 지탱하느라 꽉 쥐고 있던
지팡이는
고사리 새순처럼 쉽게 꺾일 것같이 불안했었는데

용사의 무덤 옆에 억센 고사리가 군락을 이룬 것을
보니
홍시처럼 달콤한 세상에서 기백을 다시 찾고
용맹을 떨치고 있음이 분명하다.

할머니 주머니

우리 할미 허리춤에
달랑달랑 쌈지 주머니
칭얼칭얼 대는대로
짤랑짤랑 은동전이
방글방글 나오네요.
알쏭달쏭 요술 주머니

한가위 오색한복
내 허리춤 복주머니
머리숙여 받은 절값
두둑해진 돈주머니

쌈지 주머니 안 부럽다
할미주위 메롱메롱

촐랑촐랑 휘저으며
들랑날랑 동네점방
솔랑솔랑 구멍났나
알쏭달쏭 빈주머니

밤톨 닮은 여자

야무지게 엮인 열 남매 새끼 줄
바쁘게 종종거리며
단단하게 감당해 온 그녀
가렵다고 긁어 달라
등을 내밀면 손이 지날 때마다
갈퀴가 훑는 것 같았고
맨발에 밤송이를 밟아도
통증을 모르는 무딘 발
남을 위한 기둥만 세운 채
자신이 무너진 것조차도
몰랐을 때는
어느 한적한 요양원 치매 병동
삶만큼이나 얼기설기한
꼬불 길을 오르고 나면

모든 것을 내려놓고
쉬고 있는 봉긋한 젖가슴
그 봉분 옆에 동무처럼 서 있는
서너 그루 밤나무 밑에
지난가을 난타 된
밤송이 껍데기들이
공알 빠져 뒤집힌 곳에
공허한 시선이 머문다.
새벽 서리 기운에
아랫도리가 움찔해진다.

愛

-농부

밭고랑 쇠스랑에 온 기운 다 빠져서
뙤약 빛 야속함에 목이 타 갈증 날 때
막걸리 한 사발이 왜 이리 절실할꼬?
흰 적삼 왜 바지 반가운 우리 아낙
손 놓고 아슬아슬 또아리 새참 함지
전생이 사당패냐 묘기군 버금가네
소슬한 나무 그늘 취기가 사람 잡네
어여쁜 우리 아낙 젓 고랑
얼굴 묻고
잊으리, 힘든 시름 놀다가 한숨 잘까?

농사

텃밭을 가꾸며
상추며 가지 등
서너 가지 손맛을 보는 중이다.
옹골차게 여문 콩대 사이로
굵은 작달비가 훑으며
밭두렁에 내리꽂는 모습에
넋이 빠져있는데
돌아가신 어머니가 보인다.

어머니가 입었던 옷엔
항상 커다란 주머니가 시침 되어 달려있었다.
그 안엔 각종 씨앗이 한 줌씩 들어있었다.
그리고 집 밖을 나설 때는 기다란 나무 꼬챙이를 꼭
들고 다닌다.

신작로 둔덕에도
논둔덕에도
꼬챙이로 콕콕 찍고
그 안에 씨를 담고 다시 흙을 휘휘 휘둘러 덮어놓는다.
농사에 꾀부리지 않은 진심과
콩 심은 데 콩 나고
팥 심은 데 팥 나는 진리는
때가 되면 어김없이
흡족한 수확을 안겨 준다.
허리를 둘러싼 앞치마는 물론
속바지 시침 된 주머니까지
소불알 늘어지듯 콩 한가득 담고
신작로 길을 따라 집으로 돌아오는 길은
콩깍지 속 열 남매 떠올리며
벅찬 발걸음이다.

텃밭 가운데로 내리꽂은
빗줄기에 상추 뿌리가 뽑혀
질질 쓸려간다.

후다닥 달려 나가 삽으로 흙을 파서
물길 고랑을 터준다.

"그려! 농사는 때가 있지."

고독한 사냥

언 손 불어 가며 비벼 빨았던 빨랫감을
뒤꼍 장독 옆 얕은 야산 대추나무에
치덕치덕 걸쳐놓았던 빨래들이
마를 생각 없이 동태처럼 얼었다

해가 지면서 빨래를 걷을 때
얼어서 빳빳한 것이 부러지면서
옷이 두 동강이 날 때도 있었다

방안에 좁게 오밀조밀 엉켜 자는 식구들은
둘러메고 가도 깨지 않을 잠 통에 푹 빠진 한밤중
눈만 붙였다가 일어난 어머니는
한 귀퉁이에서 등잔 심지를 살짝만 올리고 불을 켠다.
초저녁 걷어놓은 축축한 옷들을 하나씩 집어 허리

춤 고무줄 들어있는 쪼글쪼글한 솔기를 잡은 손을
등잔 불꽃에 바짝 대고 휘이휘이 양옆으로 왔다 갔
다 한다.
그리고 입에 물고 앞 이로 바쁘게
지근지근 깨물기도 하다가 거즈 수건으로 입을 수
시로 닦기도 한다.
한밤에 우리 다 재워놓고
불장난하는 거 같기도 하고
혼자만 맛있는 거 먹는 것 같기도 하고……
실눈 뜨고 보던 아이가 어머니께 따지듯이 물었다.
"엄마는 혼자만 뭐 먹어?"
"그려, 나만 몰래 맛난 거 먹는다"
입었던 옷들을 빨아도 쪼글하게 접힌 솔깃 안에 이
와 석케가 듬성듬성 살아있으니, 등잔불에
바짝 대서 지져보고 또 이빨로
앙당당 깨물어 죽이고 있던 것을
보여주며
"에구~봤지! 참 맛나겄지?"
씨익 웃는다.

그리움

동네 어귀에서부터 거들먹거리는 낯익은 고성 취
중 목소리
엿가락 늘어지듯 신세 한탄이 굴곡 있게 들려오면
아내는 후다닥 이웃집으로 줄행랑이고 노모마저
또 지랄 났다며 물먹은 종이에 먹물 퍼지듯 한숨을
흩뿌리며
뒤꼍으로 서둘러 사라져 버린다.

고만고만한 육 남매는 고스란히 총알받이 되어
굽우야 굽우 지렁이걸음으로 대문에 들어선 아부지를
차마 보고 싶지 않아 위로 눈도 뜨지 못한다.
복날 개 혓바닥 늘어지듯 온몸을
늘어트리고 마당에 고꾸라진 아부지를 육 남매가
들어 안고
불쾌한 똥 짐 부리듯 방에 눕히고 나오려다 문지방

을 넘기도 전에
아부지는 다시 벌떡 일어나 육 남매를 불러 앉힌다.
무릎을 꿇리고 하염없이 씨부렁 주절대다가
풀어진 눈을 희번덕 치켜뜨고 다짜고짜 맥락 없이
"네 아버지 죽었으면 조컷지야?" 묻는다
육 남매는 정색하며 큰소리로 합창하듯 "아니라우
~" 답하고
속으로는 누구 할 것 없이 일심동체 '야! 그라지라!'

지난날 어릴 적 얘기를 찰지게 담담히 들려주던 그녀
지금은 안 계시지만
아부지가 다시
"니 아부지 죽었으면 조컷지야?"
묻는다면
"아니라우" 대답하고
속으로도
진짜 "아니라우~"

보고 싶은 아부지

백 살 공주

문설주를 꼭 부여잡고
일어서려다가
힘에 부쳐 철푸덕 주저앉은
104살 할머니는
다시 배짱 좋게
엉덩이를 부비작거리며
현관 밖을 나섭니다.
엉덩이에 다리를 달고
바구니를 이 손으로 던져놓고 두서너 발 옴짝옴짝
다가가고
또 저 손으로 던져놓고 달싹달싹 다가가지요.
목적지는 뜰팡 주변
새벽이슬이 채 마르지 않은 녹두콩밭입니다.
눈이 잘 보이지 않아도

검댕이로 익어서 통통이 여문 것만 골라
잘도 따서 바구니에 담으니
백 살이 넘으면 손에도 눈이 달리는 것일까요?
마당 가운데 널어놓은 녹두꼬투리가
맑은 가을 땡볕을 참지 못해
토독, 터지는 소란스러움을 보고 함박웃음 터트리는 모습은
백 살이 넘으면 보이지 않아도 보는 혜안이 생긴 게지요?

우리 엄니

1

올망졸망 내 새끼들
웬 수 같은 내 강아지
어찌어찌 열을 낳아
위로 두어 놈
청운의 꿈을 안고 대처로 떠나고
아래로 두어 놈
농토 몇 마지기 장만할까?
월남 떠나고
입 몇 개 덜었으니 엄니 맘
편할까 싶지만
든 자리 표 안 나고, 난 자리 표난다며
밖에 자식 그리워했지요.

2

배가 아파 먹으려고
염소똥 같은 환약 한 알
입에 넣으면 "엄마 맛있어?"
제비 새끼 마냥 입 쩍쩍 벌리고
삼킬 새도 없이 도로 내놔
한 놈 두 놈 떼어주고 나면
어느새 손끝엔 환약 자욱만…
하얀 광목 앞치마에
손끝 쓱쓱 문지르고
돌아서 뒷간으로 바삐 가는
헛헛한 엄니 뒷모습

3

장날이면 손에 들고 온
살진 고등어 두어 마리
올망졸망 눈빛에 생기를 주고
유난스레 엄니 치마폭을 돌돌
맴돌게 했지요.

잣대 대고 토막 쳤나?
감나무잎 툭툭 따서
올려놓아 준 구운 고등어는
어찌 그리 크기가 똑같은지…

4
이제 나도 두 아이 엄마
엄니에게 물어봅니다.
난 둘도 힘든데 어떻게 열 남매 키웠느냐고
허나, 너무 쉽게 화답을 주십니다
"나는 낳기만 했지, 니들이 저절로 컸단다.
십 남매 자라면서 경찰서 오라 가라 하는 놈 없었고
짝없어 시집 장가 못가 애먹인 놈 없었으니
그게 다 내복이지
복이 별거 드냐?"

아카시아꽃

어머니 제삿날
뜸이 잘 들어 갓 지어낸 밥을
사발에 고봉으로 담는다
촌부의 맨살 냄새가
모락모락 오르면
대문 열어 놓고
메어있는 빨랫줄을 풀어 놓는다
앞산 등성이 쏟아질 듯한
아카시아꽃이 달빛에 눈 부시다.
가시 같은 까시레기가
늘 붙어 갈라졌던
촌부의 맨발 뒤꿈치는 보이지 않고
매끄럽고 둥근 하얀 버선 한 켤레가
중정에 늘어진 빨랫줄을 딛고
홀연히 걸어들어온다.

엽서

그대의 글

단박에 읽어 내려갔습니다.

그대가 좋아한다는

백석의 시구와

내 마음도 포개어 보았습니다

그러자

마치 타임머신을 탄 듯

책가방 끈 놓지 않은 소녀가 됩니다

잠시 발걸음을 멈추고 설레고

벅차오름에 다시 한번 엽서를

꼬옥 당겨 안았습니다.

오존층파괴 이온 현상으로

계절다운 계절이 점점 상실되고

버거운 삶에 감성조차 잃어

메말라가고 있는 요즈음
만추의 한가운데서
건네준 엽서와 살가운 미소
그대는 분명 나에게
가을을 찾아 준 선물입니다

딸에게

천장에 매달아 놓은 모빌처럼
매일 보고 싶을 때 흔하게 볼 수 있을 줄 알았어.
33년 오랜 세월을 아침저녁 들락이며 종달새처럼
수다로
내 가슴에 끄적거려 나를 웃음으로 묶어놓았지!
언제든 볼 수 있는 그 자리
베란다 화분처럼 안심 꽃이었어

어느 마른날!
굵은 우박이 내 머리를
때린 것 같은 어찌할 수 없었던 절망에도
희망을 품을 수 있었던 것은
오롯이 햇살 같은 네가 있어서였지
사랑이라는 단어가 모래알만큼 흔해도

너에게 쓰지 못했던 것은
한용운의 시처럼
사랑을 '사랑'이라고 말하면
벌써 사랑이 아닐까 봐, 두려웠던 걸까?
그저 내 마음속에 깊이 꾹꾹 눌러 놓았던 게지
이젠 말하려 해

사랑했었고 사랑한다.

가출을 한 번도 못 해본 네가
기어이 출가하는구나!
알려주지 않아도 꽃이 피듯이

Ⅱ. 에세이편

3부.

집게발가락

집게 발가락

부모님과 자식이 열 모두 열둘이지만 방은 달랑 2개, 구들장이 놓여있어서 식구들은 잠자고 생활하는 곳을 안방으로 사용한다. 문지방 건너 윗방이 있지만, 윗방은 가을에 거둔 잡곡과 겨우내 먹을 고구마를 저장해두는 허드레 방이다. 이따금 들락이는 쥐 놀이터로도 한몫한다.

"쪼끔만 저리 가! 왜 자꾸 닿고 그래?"

"내가 닿았냐? 니가 닿았지!"

"그럼 어떻게 하냐고 좁은데!"

밤이면 젓가락처럼 나란히 누워있던 다리들이 가위처럼 벌어지며 이불 속에서 티격태격 아우성친다. 어느 날 밤은 참다못한 엄마가 문고리를 잡고 방문을 냅다 열어젖히더니 "좁다고 투덜대는 놈 누구냐? 편하게 혼자 자고 싶으면 앞산으로 당장 가

거라! 거기 무덤들이 모두 편하게 자는 곳이지 그리 갈 거야?"

한바탕 나무라더니 문을 닫는다.

그리고는

"아이고 요놈들아 편한 거 좋아하지 마라 죽어야 편하지…."라며 혼잣말하신다.

형제가 많으니, 추억도 많이 생긴다. 한번은 새벽녘에 오줌이 마려워서 선잠이 막 깼을 때인데

이불 속에서 누가 다리를 꼭 꼬집는 것이다.

자는 척하고 살짝 이불을 떠들고 보니 아버지 발가락이었다.

나중에 성장한 형제들이 모이면 옛이야기를 하게 되었다.

그런데 그때 한 언니가 말하길

"엄마 아버지는 우리를 언제 이렇게 많이 낳았지?"

"글쎄 말이야! 우글우글 잠자기도 비좁은 방 하나에서"

그러자 다른 언니가

"근데 너희들 중 엄마 아버지 껴안고 사랑하는 거

봤어?"

모두가 "아니 못 봤어."

"근데 아버지가 가끔 발로 다리를 한 번씩 꼬집더라?"

내가 말했더니

"나도"

"나도"

"나도"

……

꼬집힌 경험이 모두 있다고 한다.

아버지는 우리가 잠들었는지를 확인하느라 발가락으로 모두 꼬집어 보았던 것이다.

"왜 그랬을까?"

"아하!"

우리는 서로 쳐다보며 배가 아프도록 웃었다.

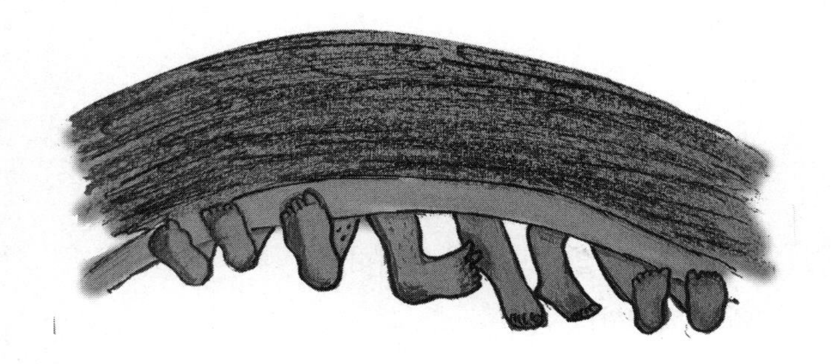

쭈~~우욱 과 쪽

9살 누나와 7살 동생이 할머니 승용차를 타고 대부도 동춘서커스 볼 겸 나들이 나섰다.
물론, 나들이 전 아이들의 정규코스로 마트에 들러 제각각 좋아하는 음료를 샀다.
누나는 초콜릿 우유, 동생은 딸기우유
중간쯤 가다가 누나가
"나 초코우유 먹어야지이~"
하면서 야무지게 종이 팩 귀퉁이를 열고 마시려는데 동생 녀석이
"나두 초코우유 먹고 싶다."라며 누나를 살갑게 쳐다본다.
누나는 냉정하게 돌아서서 애써 동생 눈빛을 피한다.
"누나, 나 한 번 먹어 볼게."

"야, 너도 딸기우유 샀잖아?"
"근데 나 딸기우유 싫어. 초코우유 먹고 싶단 말이야.!"
"그럼, 왜 샀어. 초코우유 사지?"
"그때는 딸기우유가 먹고 싶어 샀지, 그러니까 니꺼 딸기우유 먹으란 말이야."
"싫어 초코우유 먹고 싶단 말이야."
"그럼 초코우유 사지 와 딸기우유를 사냐고오~~"
말싸움하는 아이들을 보고 운전하는 할머니가
귀에 거슬려 말귀 알아들을 만한 누나에게 한마디 한다.
"누나야, 동생 한 모금만 주라,
그리고 동생이 딸기우유 먹을 때
너도 한번 얻어먹으면 좋잖아?"
마지못해
"알았어요. 근데 입 댄 거 싫어."
형만 한 아우 없다는 속담도 있듯이 퍼팩트한 대답은 아니었지만, 중재가 탁월한 성공으로 이끈 할머니는 뿌듯했다.
"누나가 한번 준데 고맙다고 하고 니꺼 딸기우유

팩에 달린 빨대 떼서 쭈~~우욱 빨아먹어!"
그러자 누나는 대뜸 정색하더니
"쭈~~우욱은 싫어. 쪽. 해야 해."
하면서 동생 입 앞까지 갔던 초코우유를 냉큼 제 가슴팍에 감싸안는다.
할머니는 동생에게
"쭈~~우욱 빨지 말고 쪽. 해."
그러자 눈치 없는 동생은
"싫어, 쭈~~우욱 빠를래."
그러자 누나가 하는 말
"야 그럼 내가 니꺼를 한번 얻어먹을 때 쭈~~우욱 했으면 좋겠냐?"
그러자 동생이 "싫어 내 꺼는 누나가 쭈~~우욱 먹지 말고 쪽. 먹어."
"야 그런 게 어딨어."
"할머니, 나 절대 동생 한 모금 안 줄 거야."

우주인과 트레킹

철원 주상절리로
가족 동반 야외 나들이를 갔다.
3.6km 둘레길
기암절벽과 옥 비취색인
흐르는 한탄강물을 내려다보며 걷는다.
오르막이 있으면 반듯이
내리막길이 있다는
진리를 공감하며
데크 계단을 올라가다가
힘들다 싶으면 다시 내리막길 평지를 잇는 무쇠 출렁다리가 있다.
테마식 연결이 오르막길에서
숨이 찼던 호흡을 길게 쭉 뻗은

금속성 타공 출렁다리가 수길 아래 절경까지 훤히 들여다보인다.
아찔한 전율이 덤으로 희열을 주면서 고르게 숨까지 펴준다.
하지만 자가운전에 방안 퉁인
나는 한 시간 넘게 걸으니
진흙탕에 빠진 듯 다리가 무거워지고 입속도 말라갔다.
잘 걷던 7살 손자 녀석도 힘들다고 투정을 부리기 시작한다.
오가는 부딪히는 사람들이 씩씩하다고 멋지다고
한마디씩 하는 말에 용기를 내며
잘난 척을 한다.
“할머니 나 더 빨리 갈 수 있어요.
자 봐봐요…”
갑자기 조그마한 몸을 착 굽히고
엉덩이를 치켜올려 양팔을 뒤로 날개처럼 쫘악 벌리더니
“로켓 발사! 쓩~~”

큰 소리로 외치며 나르듯이 달린다.
덩달아 나도 로켓 발사를 외치며 뒤따라 경쟁하듯
달린다.
드디어 트레킹 끝 지점에 닿았다.
11월 중반을 넘어서
청량한 날씨였고 하늘은 맑은 오늘,
7살 산소 같은 아이의
우주 에너지까지 듬뿍 받은 것이
나에겐 귀하고 값진 수혜다.

욕 보따리

"내 꺼야 씨발 내놔!"

"무슨 소리야 내 꺼란 말야 씨발!"

"너 안 내놔?"

"야, 못 줘!"

"야, 너희들 왜 그래?"

"아, 씨발 상관하지마!"

열 형제 중 위로 여섯은 외지로 가 있기도 하고 싸움 같은 거 할 시기도 지났다.

하지만 맨 아래는 7살부터 넷은 2살 터울로 고만고만하다.

싸움 발단은 장독대 눈 쌓인 곳에 어젯밤 고구마를 넣어 놓았는데 오늘 꺼내서 먹으려니 없어졌다는 것이다. 어림 작으로 서로 의심하고 서로 아니라고 하다가 끝내 욕질 싸움으로 간 것은 어제오늘 일이 아니다.

애들은 싸우면서 큰다더니 얼마나 많이 크려고 목에 핏대 세우며 큰 것이나 작은 것이나 바득바득 대들며 앙탈인지….

"흠! 흠!"

헛기침 소리는 외출했던 아버지가 마당에 들어서면서 표시 내는 자명종 소리다.

그런데 울고불고하는 통에 못 듣고 대신 아버지는 싸우는 소리를 다 들은 것이다.

"너희들 넷, 방으로 모두 들어와! 큰놈은 부엌 나무허청에 가서 나뭇가지 한 개 갖고 오고."

큰놈이 들고 온 나뭇가지는 회초리가 되고 아버지는 방바닥을 엄중하게 탁탁 치며 네놈 모두 일어나 바지 걷고 뒤로 돌아서라 하더니 방 네 귀퉁이에 한 명씩 세워놓고 찰싹찰싹 매섭게 한 대씩 때린다. 그리고 큰 거울을 보여주며 입을 크게 벌리고 들여다보면 목구멍에 동그란 게 하나 있다며 그게 '씨발'이 들어있는 욕 보따리인데 '씨발씨발' 자꾸 욕을 하면 욕 보따리가 뻥튀기처럼 팡 터지면서 죽는다고 한다.
다들 입 벌리고 거울을 보니까 정말 목 안에 벌건 동그란 보따리가 있어서 너무 놀라고 무서워서 잘못 했다고 엉엉 울었다.

세월이 한참 지나서야 씨발 보따리는 인체에 누구나 다 있는 목젖이란 걸 알았다. 자매 형제 모이면 그때 일을 추억하며 배가 땅기도록 웃었다. 혼을 낼 때도 말을 재치 있고 능란하게 하신 아버지의 지혜가 놀랍다.

은행 옻

감기도 멈추고 가래도 삭히는 징코민 거담제 같은 전문용어를 내세우며 광고로 귀맛 들이기 시작쯤이었다.
효능이 탁월해서 원료로 쓰인다며 시골까지 돌면서 은행 열매는 물론 잎까지 수집해 갔던 적이 있었다.
변변하지 못한 농사에 자식을 거두고 먹이려니 어머니는 돈 되는 일이면 힘든 일을 가리지 않으셨다.
죽으면 썩을 몸이라고 수족 성성할 때 움직대야 한다며 은행을 너덧 자루 주워 왔다.
넓은 붉은 통에 불려 장화 신은 발로 자근자근 으깨 밟으면 껍질이 벗겨지며 고약한 인분 냄새가 사방으로 퍼진다.
벗긴 껍질을 남새밭 고랑에 버리곤 하는데 며칠 지

나고 마르면서 거름으로 발효될 때는 퇴비가 돼서 코끝에 다가온 냄새는 묘한 친근한 향으로 알짱거린다.
벗긴 은행알은 깨끗이 씻어서 바람과 햇빛에 말린다.
뽀얀 은행으로 거듭나면 돈도 되고 고생도 수거된다.

그런데 어느 날 웃지 못할 일이 벌어졌다.
이웃집에 사는 아들같이 친숙한 젊은이가
"아짐니~아짐니~"
엄마를 부르며 상기된 벌건 얼굴로 황급히 와서는
"내 고추가 나팔처럼 슈~ 워찌 된 건지 몰르것슈~ 이틀 전 농기구 빌린 것 돌려주러 왔다가 소변이 마려워 여기 뒷간 쓴 것밖에 없는 디…"
그러자 마실 온 아줌마 한 분이 말하길
"구린내가 어차피 사람 것하고 똑같아, 내가 은행 까는 거 도와주고 찌꺼기 변소에 쏟아 버렸는데 거기다 소변을 봤어? 어이구 따뜻한 김이 올라와 쏘이면서 은행 옻 올랐구먼!"
하며 난감한 표정으로 말했다.

시골살이라는 것이 이웃이 서로 일을 보면 마실 왔어도 품앗이처럼 알아서 도와주는 습성이 그날 은행 찌꺼기를 변소에 버렸던 것이다.
그리곤 다시 태연하게 쌩긋 웃으며
“덩치가 산처럼 큰 사내가 오죽 못났으면 은행 옻이 오르고 그랴? 나는 옻나무 만져도 암시랑 않은데. 나팔 됐으면 입대고 불어 봐 잉?”
그 자리에 있는 아주머니들이 박장대소하고 동네 젊은이는 계면쩍게 피식 웃고는 농담 뒤로 스윽 돌아갔다.
노란 옷을 다복하게 차려입은 은행나무 옆에서
가을 추억으로 흠씬 젖은 남새밭 향기 묻은 내 몸 위로도 진한 가을볕이 실하게 쏟아졌다.

잃어버렸던 4시간 3년

"여기가 어디지?"

두리번거리는데

"엄마 정신이 좀 나? 괜찮아? 나 누구야? 여기 누구 방인 것 같애?"

코밑 바싹 얼굴을 들이밀어 달달 볶으며 물음표 발사를 한다.

"글쎄, 우리 집은 아닌 것 같고…"

"맞아, 오빠 집이고 손자 태산이 방이야 그리고 지금 새벽 3시야 더 생각하지 말고 한숨 푹 자면 아침 돼요. 그때 다시 예기해"

나는 갈증이 나서 주방으로 가서 물을 두어 컵 벌컥 벌컥 마셨다.

"엄마, 빨리 더 자요. 엄마는 더 자야 해, 뇌가 쉬어야 한대. 지금 새벽 3시야"
애절하리만큼 내가 잠을 자기를 다독인다.
따라오는 잔소리를 무시하고 바싹 마른 입술에 물컵을 대고 벌컥벌컥 또 마시고 둘러본다.
평소 들고 다니던 꽃무늬 시장 가방이 식탁 위에 놓여있고 아욱이 잔뜩 들어있다.
"누가 시장 다녀왔어? 아, 참, 일 한 타임 더하려고 면접 보고 왔는데 낼부터 출근한다고 했는지 모르겠네?"
속말처럼 주절이었는데. 딸은 방에서 휙 나오더니 굶주린 하이에나 눈빛으로 내 눈을 덮치면서 말했다.
"엄마 뭐가 생각나? 또 뭐가 생각나? 점심 뭐 먹었어?"
염소똥만 한 눈물을 뚝뚝 떨어트리며 또 물음이다.
그리고 바싹 다가와 빽빽한 글씨가 쓰인 A4용지 몇 장을 내민다.
그것은 그날 아침부터 내 전화기에 상대방 통화 시간대 흐름을 나열한 내용이고, 자동차 블랙박스 유심칩을 빼서 행동반경, 장소, 시간을 확인한 명세가 적혀있었다.

"이게 다 뭐야? 나 무슨 일 있니?"
"응, 엄마가 나에게 6시 반쯤 전화 했잖아?"
그러면서 내가 알 수 없는 예기를 시작한다.
"예솔아, 나 이상해, 힘이 없고 생각이 잘 안 나."
딸에게 전화했고 딸이 어디냐고 하니 마을금고 앞 건물주차장이고 내 차 안에 앉아 있는다고 하더란다. 딸이 한걸음에 달려와 보니 되레 내가 웬일이냐고 딸에게 되물어서 엄마가 전화해서 왔다고 하니까 그러냐며 피식 웃더란다. 그런데 정감 있는 웃음이 아니고 냉소적 느낌이 싸하게 오더란다. 그리고 조수석에 서류 봉투를 보며 "합의서가 여기 왜 있지? 나 차 사고 났었니?"라고 묻더란다.
"아니야 이건 아래층 공사 합의서인데? 엄마가 도장 받고 사인까지 받았는데 몰라?"
"우리 집이 물이 샜어? 왜 물이 새?"
보름 전 일도 까맣게 모르니 참말로 팔딱팔딱 뛰다 죽을 것 같더란다.
우리 집은 노후화된 아파트라서 얼마 전에 아래층에 누수가 생겼다. 누수탐지기에 사다리차까지 동원되면서 욕실 바닥 전체를 뒤집어 까고 타일도 새로 깔았다. 두 달여 동안 마음고생하며 공사했는데 다시 새서 또 고쳐 주고받은 누수공사 합의서였다.
그러면서 또 네 오빠 어디 있냐고 회사 간 아들을 자꾸 묻고, 찾고, 또 묻고 이상행동을 하니 딸은 혼자 감당이 안 되고 겁난지라 일단 며느리도 부르고 아들네로 데려갔다고 한다.
아들네 집에서는
"엄마 얘가 누구야?"
"내 손녀 세아지"
"세아가 몇 살이야?"
"7살 유치원에 다니지?"
"무슨 소리야, 세아는 9살 초등학생이잖아. 손자 태산이는 7살이구"
"엄마 나는 누구야? 지금 누구랑 살지?"
"넌 당연히 내 딸 예솔이고 나랑 살지"
"아니잖아 나 32년 동안 엄마랑 살다가 두 달 전 독립해서 결혼할 남자 엄서방이랑 범박동 아파트 살잖아?"

"뭐라고? 네가 집을 왜 나가? 그리고 결혼식은 하고 사는 거야?"
"엄마랑 상의하고 내년 1월에 날 잡고 예식장 예약 다 해 놓은 건데? 뭔 딴소리야?"
그러자 대성통곡하며 네가 왜 나가냐며 왜 나한테 얘기 안 하고 나갔냐고 엉엉 울더란다.
왜 울 엄마한테 이런 말도 안 되는 무서운 일이 벌어지고 있는 건지 딸은 독립하지 말고 그냥 엄마 옆에 있을 걸 잘못했다고 자책하며 울고, 아들 부부는 4시간 기억상실이 애들 성장한 거도 모른 것 보니 3년이란 세월까지 통째로 날아간 거라며 엄마께 소홀했다고 죄인이 되어 울고 통곡의 바다가 되었다고 한다.
좀 누워서 자라고 방문을 닫아주면 문 열고 무언가를 묻고 잃어버리고, 또 묻고 잃어 버리고,
아들의 표현에 의하면 금붕어가 물속에서 입을 수시로 뻐끔뻐끔 내미는 거랑 흡사했다고 한다.
한숨 더 자고 아침이 되자 또다시 기억의 퍼즐을 굵직굵직한 것부터 맞혀보자고 딸애가 A4용지 기록

을 내밀며 앞에 앉는다. 생각 안 나는 것은 통화했던 분들에게 통화해서 무슨 내용이었는지 시간대를 맞추어 가며 다음 일을 연결하다 보니 굵직한 일도 잔잔한 일도 기억 퍼즐이 맞춰져 갔다.

특히 통화한 지인 중에는 같이 밥을 먹기로 약속했고 금방 가겠다고 약도를 보내 달라고 해서 보내줬는데도 오지 않아서 왜 안 오느냐고 전화했다고 한다.

"왜 내가 가야 돼?"

통명스럽게 전화를 받더란다.

'어? 이 언니 뭐지? 기분 되게 나쁠라 그러네?'라며 황당했다고도 한다.

기억을 찾은 후 온전하지 못했던 사실을 솔직히 고백하고 죄스러운 마음을 예기했다. 그러자 오히려 그분은 내 주소를 물어보고 싱싱하고 영양 있는 과일을 한 박스 택배로 보내주면서 힘내라고 응원해 주었다.

지체할 수 없다고 아들이 서둘러서 신경외과 병원 안을 들어서고 각종 뇌 사진을 두루두루 찍었다. 의사는 일과성 단기 완전 기억상실증이라고 처음 듣는 병명을 말하면서 뇌출혈은 2분이 골든타임이고, 내 경우는 24시간 안에 기억이 돌아오지 못하면 돌이킬 수 없는 신체장애가 온다고 한다. 말하자면 흔히 알고 있는 팔, 다리 병신, 중풍이란 것이다.

가족들이 엄마의 이상징후를 빠르게 발견하고 문답으로 기억 퍼즐 맞추기 등 영리한 조치로 크게 닥칠 불상사를 예방하는 데 힘이 됐다고 한다.

서른이 넘도록 한집에서 살을 비비고 살던 딸의 독립으로 인한 부재와 호주에서 아이까지 낳고 잘 지냈던 아들 가족의 갑작스러운 일로 한국에 오게 되고, 그나마 신혼 특별 분양 자격으로 아파트 당첨되어 주인으로 이름 올리자마자 대출이자 폭등이 왔다. 그리고 부동산 하락에 쓸모없는 애물단지가 되어가는 빚쟁이로 전락 되었다. 아들은 낮에 회사 나가지, 밤에는 오토바이배달로 투잡 생활을 한다. 어린아이들과 아내와 제대로 한번 온전히 놀아주지도 못하는 드라이한 삶을 살아야 하는 내 새끼의 안타까움!

가까이에서 지켜봐야 하는 에미는 살가죽이 녹는

것 같은 상실감뿐이다.

내가 사는 38년 된 아파트마저 노후가 되어서 내 의지와 아무 상관 없이 걸핏하면 누수되어 고쳐주고, 도배해 주고, 생돈 나가고, 통장은 '텅장'이 되어가고.

고민과 생각들은 스트레스가 과부하 걸려 스파크가 터지고 자가운전으로 운동이 소홀한 허술한 체력에 쓰나미가 강타! 기억이 방전된 것이다.

무섭다! 아프지 말아야지. 나 하나 잘 못 될까 봐서가 아니다. 자식들 등에 나라는 짐을 얹혀 곱사등을 만들까 봐 그게 무섭다.

생각을 죽이는 거다. 그냥 뇌를 즐겁게 놀리는 거다.

4시간 동안 잃어버렸던 3년, 다시 찾았으니, 4와 3을 더해서 43년 106살까지 무병장수해야지.

3
4
5

안개

아이들이 방과 후 태권도 운동하고 공부방에서 놀이도 하고 여러 가지 공부도 한다. 저녁 8시가 되면 공부방 선생님 인솔하에 1학년 아이가 집에 오는데 정해진 와야 할 시간이 지나도 오지 않았다.
엄마는 공부방에 전화하니 공부방에서는 집 가까이에 데려다주었다며 안 왔느냐고 오히려 되묻는다.
아니, 그동안은 집 문 앞까지 같이 와서 들어가는 것까지 확인하고 돌아가더니 오늘은 실비도 내리고 있는데 집 앞도 아니고 한 블록 떨어진 집 주변에 놓고 갔다니 화가 치밀었다. 득달같이 밖으로 나가서 아이를 찾기 시작했다.
한참 후 집에서 약간 떨어진 편의점 앞에서 아이가 겁먹은 눈빛으로 울먹이고 있다가 엄마를 보더니 찢어진 호스에서 물 터지듯 울음이 폭발했다. 엄마가 다독이면서 안정을 찾게 하고 아이한테 물었다.

"네가 서 있는 여기에서 저기 집이 보이는데 왜 못 찾았어?"
"집은 보이지 않고 산에 나무가 너무 많았어."

"그럼 지나가는 사람들한테 도와달라고 하지 그랬어?"
"사람들은 없고 대따 큰 고릴라들이 많아서 무서웠어."

5층 집

아파트 입구에 들어서 한점 터치로 포효하듯 아가리를 벌리며 살점 맛을 포식하는 전동 문을 들어선다.

식은 면발 빨리듯 빨려 들어가면 발바닥 촉수를 먹어 치우는 성능 좋은 이빨처럼 계단이 도사리고 있다.

70여 개의 가지런한 층층 끝에 영겁의 살림을 놓지 못한 따개비 집이 붙어있는 고지를 향해 발자국을 남기며 오른다.

예전 같지 않은 60 중반의 체력은 구두 굽이 또각 또각 반듯했던 소리가 갈수록 질질 흘려지고 무릎 관절에서 씹히는 오돌뼈가 오도독 냄새도 없이 소리를 뱉어낸다.

부드럽게 열리는 승강기의 호흡 대신 거친 한숨을
뱉어내며
따개비 집에 들어선다.

지친 심신은 찰박찰박 고르게 눌러놓았던 갓 꺼낸
포기김치를 쪽쪽 찢어 밥 위에 얹어 먹는다.

포만감에서 오는 변덕이 다 먹은 밥상을 윗목에 밀
어놓고 엿가락처럼 누워 몸을 늘린다.

내 방 안에 첫눈

오늘
첫눈이 온다는 일기 예보를 어젯밤에 듣고
엄마 젖을 기다리는 아이처럼
이른 아침부터 고개가 자꾸 하늘을 향한다.
엉거주춤 시간만 지나가고 뜸만 들이더니 정오쯤
에 드디어 내리기 시작한다.
시력이 좋아야만 알아볼 수 있을 만큼 점자 같은
작은 눈이 부는 바람과 섞여서 눈곱처럼 날린다.
대개의 사람에겐 첫눈에 대한
추억의 방 하나쯤은 가지고 있다.

10대 후반쯤 내 첫눈의 방은 섬뜩하고도 애처로웠다.
첫눈이 팝콘 튀듯 펑펑 하늘을 날며
뱅뱅 돌다가 풍성하게 땅을 딛고 고삐 풀린 망아지처럼

동무들과 무리 지어서 동네를 쏘다녔다.
그런데 저수지 쪽에서 큰 소란이 일어났다.
모인 사람들의 웅성거림 속에서
“죽었네! 죽었어! 자살했구먼.”
“집에서 결혼을 반대해서 실연당했대.”
“쯧쯧! 26살 꽃 같은 나이에….”
물에서 건져낸 시신은
덮어놓은 가마때기 들뜬 사이로
축축이 젖은 검은 긴 머리카락이
보였고 무서워 얼른 뒤로 내빼듯 도망쳤다.

명문대학교를 졸업한 서울 유학파였고 무남독녀에다가 썩 예쁜 얼굴은 아니었지만, 유난이 얼굴 피부가 하얗고 고우니 그냥 예쁘게 보였었다.

어느 날 저녁 석양이 기울 때쯤, 한적한 들판 오솔길을 남자와 함께 걷던 모습을 어쩌다 보게 된 나는 세련된 실루엣이 흔하게 겪어 보지 못한 그저 만화책에서나 봄 직한 우러른 마음, 곧 동경이었다.

장례는 시집을 안 간 처자이기 때문에 절차를 생략하고 속결로 끝냈다고 우리 집에 마실 온 이웃 아주머니와 엄마의 수군거림이 얼핏 들렸다.

다음 날 큰 굿판을 벌여 억울하게 죽은 망자의 한을 풀어준다는 굿을 한다고 해서 동네 사람들 모두 구경하러 가고 귀동냥한 호기심 많은 내가 이미 그들 사이에 끼어 있었다.

동네가 찢어질 것같이 꽹매기 두들기는 소리와 깊숙하게 가슴을 후비는 징 소리! 눈처럼 하얀 속저고리 치마를 입고 하얀 고깔모자에 흰 버선을 신은 여인이 손잡이 대가 길고 문풍지를 찢어 엮은 듯한 흰 꽃을 떨듯이 흔들어댔다.
알 수 없는 말을 쉼 없이 뱉어내며 붕어 뛰듯 팔딱팔딱 뛰면서 무아지경을 헤매는 모습이 괴기스럽다 못해 등골이 오싹했다.
인디언처럼 주술의 힘을 빌리는 걸까?

그러기를 한참 후,

촘촘하게 얽은 체에 쌀가루를 담고는 흔들흔들 왔다 갔다 분주한 손놀림이 바쁘다.

간혹 탁탁 치면서 넓디넓은 검은 천 위에 평평하게 걸어 놓으니

밤사이 몰래 온 새벽 첫눈처럼 뽀얗다.

그 위에 다시 흰 천을 덮고

요란한 깽 매기와 징 두들기는 소리 맞추어 한바탕 감정과 억양을 넣어 주절대고

흰 꽃대를 잡은 여인네는 버선발 방아를 노루 뛰듯 뛰더니 엉엉 울다가 그친다.

쌀가루 덮은 흰 천을 살포시 젖히면서

"새가 되었네~ 새가 되었어~"

여기 새 발자국을 보시라고

이젠 죽은 딸은 걱정하지 말라고

새가 되어 자유롭게 훨훨 날아다닐 거라고 망자의 어머니에게 큰 소리로 말한다.

사람들이 고개를 들이밀고 서로들 본다고 난리인 틈에 나도 삐죽 끼어서 들여다보니

정말 새 발자국이 있었다.

세월이 흐르고 첫눈이 올 때면
그날이 비밀 편지처럼
내 안의 깊숙한 곳에서 발현된다.

오늘,
바람이 많이 불고 눈발이 눈송이로 변하면서 한 시간쯤
쌈박하게 바람과 휘돌더니 게슴츠레 사라져 버렸다.
잠깐 내리다가 멈춘 첫눈의 아쉬움을 대신해서
은행잎이 칼바람에 흔들려 눈이 오듯 쏟아진다.
은행나무 맞은편 솔가지에서는
작은 새 서너 마리가 후드득 날았다가 포롱 다시 앉는다

모시 적삼

"조선놈이 조선 꺼 입어야지 죽어서 떼국놈 꺼 입고가라고?"

아내가 육신이 문드러지게 품 팔아서 장만해 놓은 중국산 삼베를 마당 한가운데 패대기치고 불 싸지른다고 노발대발이다.

팔순 중반을 넘어서면서 미리 묘지며, 석관이며 아내가 다 준비해 놓은 참이다. 미리 준비해 놓으면 더 오래 산다는 설이 있다나.

남편이란 사람은 농사일은커녕 평생을 시조나 읊고, 걷다가 비가 와도 뛰지 않는 한량 선비지만 아내는 농사 품, 바느질품 궂은일을 도맡아왔다.

남편을 나라님 대하듯 앞에서 또는 변방에서 표시 없이 받든다.

시댁 집안사람들은 3살짜리 어린애라도 자기보다

아랫사람은 없다며, 설령 옳은 말이라 해도 말대꾸일 수 있다고 조심하는 성품 좋은 아낙네다.
"내가 잘못했네요."
한숨까지 쓸어 땅바닥에 헤쳐진 삼베를 거두며 '자식이 열이나 되는데 이 삼베로 적삼 하나씩 해줘도 밑지는 거 아니지' 하며 읊조린다.
"당신은 좋은 거 해드리리다. 우리 것 한산 모시로요."
애써 남편의 상한 비위를 다독인다.

35년이 남짓 오랜 세월,
그때 내 몫이라고 하나 받아놓은 것이 노인네 옷이라며 창피하다고 장롱 서랍 안에 갇혀 외면되어온 냉정한 세월!
삼복더위에는 모시만큼 시원한 게 없다며 내 몸 치수를 가늠하느라 요리조리 매만지며 정성으로 오롯이 손바느질로 완성해서 주실 때 '고맙다'라는 말 한마디만 했었어도…. '잘 입겠다'라는 말 한마디만 했었어도 ….
무더운 한여름 8월이다.

꼬깃꼬깃한 적삼을 꺼내서

세탁하고 다림질해서

주름까지 쫙 펴놓으니

지고지순한 아낙이 보인다.

쓰윽 걸쳐 입고 매무새를 다듬는다.

삼복더위에 이만큼 시원한 옷이 없다고 실감하며

가볍게 걷는 내 걸음을 딛고

살포시 웃는 아낙이

내 정수리에 앉는다.

삼신할머니와 씨방울

아이들 방학도 되고 해서 친정으로 휴가를 갔다.
미리 마중 나와 계신 친정엄마는 햇빛에 지친 듯 보였지만 금세 아이를 보시고 반가워서 어찌할 줄 모르셨다.
아이를 부둥켜안고 “아이구 내 강아지 네가 어떻게 세상에 나온 놈인데….” 하시며 눈시울이 붉어지셨다. 그 모습을 보니 옛일이 엊그제 있었던 일처럼 눈앞에 스쳐 지나간다.
난 결혼을 늦게 했음에도 불구하고 삼 년이 지나도록 아이 소식이 없었다. 그러니 엄마는, 매번 딸 집이라고 오시면 괜시리 베란다에서 널어놓은 빨래나 만져보고 욕실에서 걸레라도 주무르는 척하며 사위와 한 밥상에 앉아 식사도 못 하신다. 아니 일부러 피하는 것이다.

"에휴! 여자가 시집가서 그 집밥을 먹기 시작하면 밥값을 해야 하는 디…. 휴! 방안 화초는 인 꽃인데 어디 적적해서 살것냐? 남의 씨 말리는 죄는 짓지 말아야 할 텐데 쯧쯧……."
"엄마, 김 서방이 나를 꽃방석에 앉혔어? 돈방석에 앉혔어? 왜 그리 당당하지 못해요?"
우리 집만 오시면 죄인 같은 마음이라며 궁시렁 궁시렁 그야말로 한숨만 지으신다.
엄마는 체구가 적으셨지만, 열 남매를 낳으셨고 모두 출가했지만 아이 못 낳아서 애먹인 자식이 없는데 내가 골칫덩어리이다. 아기를 갖게 할 수만 있다면 평범함은 물론이고 희한한 임신 비법 비방 약재 물건 등을 소포로 또는 인편으로 수시로 보내주셨다.
정말이지 굿만 안 했지. 엄마가 시키는 대로 다 하면서 짜증도 많이 냈다.
이웃은 이웃대로 날 그냥 지나치질 않았다.
교회 다니는 사람은 교회 가서 하느님께 기도하면 된다고 하고, 절에 다니는 사람은 절에서 부처님께 빌면 된다고 했다. 어떤 이는 백일 집마다 꼭 찾아

가서 백설기 한 쪽씩 얻어먹으면 된다고 했다. 그러니 나중엔 내 오기와 자격지심이 발동해서 아기가 싫고 다 아기 이야기만 할 것 같아 사람 마주하기가 두려웠다. 그러고는 점점 중증이 되어 나를 생각해 주는 말도 고맙지 않았다. 주위에 임신한 사람을 보면 부럽다 못해 미웠고 아기 있는 집은 일부러 피하고 놀러 가지도 않았다. 특히 시댁에 손아랫동서가 나보다 늦게 시집와서 먼저 임신했다. 동서가 미운 것은 무엇으로도 표현할 수 없었고 오랫동안 속앓이 대상이었다.

임신 못 하는 것은 온전히 내 부덕이건만 어찌하여 남을 미워하는 것일까? 스스로 반문하며 사이코처럼 변해 가는 나 자신이 안쓰럽고 불안하기까지 하였다.

질투에 싹이 점점 커지던 겨울이 막 시작되는 어느 날, 엄마는 또 현대인으로서는 우스꽝스럽다고 무시해 버릴 임신 비결을 갖고 또 시골에서 상경하셨다. 대전에 용하신 할머니가 있는데 그분 따라 그만 오라 할 때까지 산에 빌러 다니라는 것이다. 너무 애

툿하고 간곡해서 거절도 못 하고 대답은 했지만, 내가 사는 부천에서 대전까지 그것도 언제까지인 줄도 모르고 다녀야 한다는 게 아득했다. 더 어이없는 것은 절도 아닌 것이 기도원도 아닌 식장산 중턱에 덜렁 서 있는 큰 바위에 소원을 빌어야 했다. 촛불 켜놓고 냉수 떠 놓고 삼색 과자 과일 놓고 할머니 따라서 빌어야 함이 참말로 기가 막혔다. 부질없는 것 같기도 하고 우습기까지 했다. 하지만 할머니의 진지함이 결코 장난이 아님을 느끼고 신중하게 받아들이기로 했다.

한마디로 무속 신앙인 것이다.

대전 산에 갈 때면 새벽 4시에 기상하고 일주일에 한 번씩 영등포역에서 기차를 타야 했다. 꼭 한복에 두루마기까지 갖추어 입어야 했고 마른 빨간 고추를 굵은 실타래에 묶고 목에 걸고 한복 속에 쏙 넣고 다녔다. 고추 꼭다리가 떨어지지 말아야 한다지만 바싹 마른 꼭다리가 신경 쓰여 긴장을 주곤 했다.

평상복에 익숙해 있던 나는 한복은 불편 그 자체였다. 그렇게 석 달을 다니고 외부와 차단한 채 5일을 할머니와 숙식하면서 집중해서 빌기만 했다.
그런데 웬일? 효험이 생긴 것이다.
이것저것 해봤던 것이?
아님 때가 되어서?
아니야 정성이 하늘에 닿아서?
할머니가 "인제 그만 와라. 내가 어제 속리산 다녀 오면서 버스 안에서 잠시 조는 틈에 꿈을 꾸었는데, 네 꿈을 꾸었고 애 바로 생길 것이니 이젠 오지 마라." 그 말씀을 들은 지 한 달 후 거짓말 같은 참말로 임신 진단을 받았고 친정엄마와 부둥켜안고 범벅이 된 눈물은 기쁨 설움 온갖 형언할 수 없는 눈물이었다.
"그럼 그렇지. 숟가락 몽둥이에다 대고도 그렇게 정성을 들였으면 뭔 소식이 있었을 법. 네 그 큰 정성이 이제야 닿았나 보다. 삼신할머니 고맙습니다, 감사합니다."
엄마는 동서남북에 그저 뒷다리 잡은 방아깨비처럼 꾸벅꾸벅 머리 조아리기 바쁘셨다.
나 또한 간사함인지 모든 사물이 아름답게 보이기

시작했다.
이젠 가진 자로서 배려도 생기기 시작했다. 동서 아기도 이웃집 아기도 모두 예뻐 보이고 못 가진 자로서 질투에 미련하게 속아지 부린 점들이 부끄러웠다. 손아랫동서에게도 형님으로서 잘해줄 거고 아픈 만큼 성숙한다는, 흔한 진리에 동감했다.

엄마가 시골에서 문턱이 닳도록 들락이신다. 친정 언니 오빠들이 엄마가 너희 집에 아예 사실 거냐며 은근히 부러워하는 중 유난하고 극진한 엄마의 뒷바라지에 드디어 제왕절개 개봉박두!
씨방울까지 떡하니 달고 나왔으니, 그날로써 친정 엄마의 열렸던 한숨 문은 "철커덕…" 잠긴 소리가 나에게는 불효의 사슬이 "찰카닥…!"풀린 소리로 들렸다.

봄을 두드리다

초록이 쏙쏙 돋는다
훈훈한 바람이 귓불을 스치며
허밍 음을 날리고
설렘은 새싹과 함께 봄 마중한다.
계절은 나를 쓰윽 훑으며 지나갔을 뿐, 제대로 느낄
수 있는
감각을 찾게 된 계기는 취미를 갖게 된 후부터다
쉰 중반이 넘어서며 신체 노화가 오는지
몸이 골방골방하고 자식들에겐
능시락 능시락 잔소리만 해대고 있는
나를 발견한다.
괜히 소외감에 우울해지고 적개심도 생겨
불끈불끈 화가 차오르기도 한다
곳간 열쇠를 꼭 쥐고 놓지 못하는

뒷방 할머니가 되어가는 듯한 아집스런 내 모습이 보였다.
궁색한 살림을 면하고 좀 더 윤택한 삶을 살고자 앞만 보고 달렸다.
나를 위해 살아보지 못했다는 억울함이 보상 심리로 이어져 성격이 나빠져 가는 느낌도 싫었다.
그런저런 이유는 올무가 되어 자유롭지 못했고
암울했으니 당연히 의욕 상실이 되었다.
기억마저 쇠퇴해 가는지 눈뜨면 오늘 날짜 확인하고도
"오늘이 며칠이지?"
오후에 또 물어본다.
시간 약속해 놓고도 "몇 시였더라?"
뻐꾸기시계가 뻐국뻐국 들랑날랑 경쟁하듯
내 정신도 수시로 깜박깜박.
친정엄마가 치매 증세로 오랜 투병 중
요양병원에서 생을 마감하신 가족력도 불안했다.
더 늦기 전에 나를 위하고 싶었다
내가 진짜 좋아하는 것을 찾아 취미를 갖기로 했다.

단발성이 아닌 지속해서 할 수 있는 것을
고민하던 중 지인의 권유로 드럼을 만났다.
두둥~ 소리를 듣는 순간 심쿵! 심쿵!
그리고 바로 시작했다.
머리, 두 손, 양발, 귀, 눈 신체 모두를 사용해야 하는 바쁜 악기다.
치매 예방에도 효과적 일 듯, 선택을 잘했다는 생각이 든다.
신체로 익혀놓은 기능은 먼 훗날 언제라도
몸이 다시 기억해서 찾을 수 있다니
적극적으로 하게 되었다.
음악을 듣고 리듬을 타고 두드리다 보면
스트레스 해소는 물론이다.
퇴근 후 클럽에 가서 연습하고 개인 발표도 한다.
때론 세션들과 합주도 하며 시간을 즐긴다.
그렇게 드럼을 두드리면서 자신을 두드리듯
다듬어진 나에게 주변에서는 부드럽고
로맨틱해졌다는 말을 건네주기도 한다.
볕 잘 드는 양지에서부터 크고 작은 꽃망울들이

토도독 토도독 터지는 소리와

두둥둥 둥둥둥 드럼 소리가

마른 심장을 터치하며

일상을 깨운다.

가을 동해에서

비늘을 번뜩이며 유영하는 은갈치 떼를 끌채로 퍼서 던져놓은 청 푸른 하늘은 바다다.
구불 낭창 줄기차게 이어져 있는 해안도로는 터진 거미 똥구멍에서 나오는 실같이 하염없다.
바다는 미역 냄새로 내 목을 휘돌아 걸어 안아주고 자연산 맛 외는 절대 모르는 어부가 잠수로 갖가지 먹거리를 품고 나올 땐 경이롭기까지 하다.
갓난아기 볼처럼 발그레한 선홍빛 멍게 맛은 쌉쌀 달콤했고 힘 있게 주물러 뽑아낸 면발처럼 쫀득하다며 맛난 웃음을 참지 못한다.
흙에 삭아서 젓은 짚풀 냄새가 싫지 않게 솔솔 풍겨오고 탈곡 끝난 논바닥 벼 짚단에서 형님 아우가 밤새 주고받던 벼 가마니 우화가 생각나서 실웃음도 짓는다.

멀리 보이는 너른 밭 한복판에 묵직이 기도하고 서 있는 성자 같은 모습은 가까이서 보니 볕을 쬐고 좀 더 여물기를 기다리며 두어 단씩 지지대로 맞대서 세워놓은 깻단 묶음들이다.
해 저문 밤하늘을 가르고 빛이 퍼지는 서치라이트를 따라가 보니 모래가 설탕처럼 보들한 해변에서 세계 윈드서핑 페스티벌이 한창이다. 해변 나이트 댄스 타임엔 출렁이는 파도와 음악과 함께 모두가 머리를 털어대며 흔들고 몸통을 부딪치고 튕긴다. 내 본능이 날개를 달고 같이 흔들며 너울대는 광란 안에서 낯선 나를 찾았고 낯익은 나를 버렸다.
힘들 때 쉬어가라고 절 이름이 쉴 휴 자가 두 개인 휴휴암은 사방 바다를 품고 기암절벽에 세워져 있다. 십 수백 년 붙어있다지만 하시라도 툭 떨어질 듯 아찔한 곡예로 간담을 자극한다.
다리아파서 다니지 못했다는 억울함보다는 다리가 아프도록 싸돌아다닌 걸 대견해하며 한숨으로 틀어쥐고 있는 내 안의 억지들을 뱉어 버리면서 나비처럼 암자에 몸을 내린다.

가을 풍선

책상 앞에 오래 앉아있다고 공부 잘하는 것도 아니고 집안에 온종일 들어앉아 있다고 해서 살림 잘하는 거 아니다.

밥풀 묻은 사발을 바글대는 거품으로 씻어 건져놓고 그녀들도 소라딱지를 벗어던졌다.
집단 외출로 흥미를 함께 만들어가는 우리는 제일 먼저 목적지를 정하는 거였다.
가까운 산? 멀리 바다? 견해 주장 따윈 잠시였고 그리 멀지 않은 강화 석모도로 입 모아 합창했다.

일상이 고착된 삶에서 탈피한 그녀들!
바람든 다섯 개의 풍선이다.

노랑 풍선,
하체가 유난이 길어서 뭇사람들이 부러워하는 것을 본인도 안다.
어린이집에서 미래의 인재들에게 영양을 고루 공급해 주는 영양사이며 요리사이다.
그녀는 오늘이 본인 자신에게 영양을 주는 특별한 날이기에
연신 입가에 웃음이 끊이지 않는다.

파랑 풍선,
공직에 있다.
고분고분한 말투지만 목소리는 낭랑해 어떤 말도 귀에 콕콕 앉는다.
상하 위계질서에 겹 상추처럼 눌려 허드레 해졌을 터, 햇살이 실한 휴일 나들이에 초록 초록 일어난다.

빨간 풍선,
천편일률적으로 생활하는 그녀는 집념도 강하다.
집안에 부를 축적 시킨 것에 일조를 단단히 해 놓아

자부심을 품고 산다. 하지만 틀에서 박차고 나온 하루는 마술에 걸린 듯 황홀의 극치다.

보라 풍선,
백여 명이 넘는 사원을 거느린 회사대표지만 평등하고
언제나 선두에서 배려하고 합리적이다.
가끔은 아이 같은 웃음으로 또, 가끔은 소녀의 센치함이 교차하는 모습에서 부와 명예를 다 가진 자에게 인간미까지 흠씬 보여 놀란다.

주황 풍선,
1일 1팩 해서라도 잡티 좀 싹 제거하고 흰 피부로 거듭나고 싶지만, 오늘만은 아랑곳없이 고개를 쳐들고 가을 햇살 해바라기가 된다.
바다를 끼고 이루어진 동네 경관은 어느 한 곳도 빠지지 않는 낭만적인 자연 그대로다.
위로 사방이 물 들은 나뭇잎들이 깊어 가는 가을 습자지에 그라데이션을 그리고 있고, 아래로는 짙은

황금색으로 익은 벼의 물결이 바람 부는 대로 파도타기 연출이 장대한 경관이다.
가을바람이 오색풍선을 만지고 지날 때마다 너울너울 어우러져 한 폭의 작품이다.

정숙함과 가면을 내려놓고 잠시 욕지거리도 서로 해봤다.
"야년아 너는 왜 그렇게 이쁘니?"
"몰라 울 엄마한테 물어봐."
"흥, 지지배!"
서로 마주 보고 어린애가 되어 좋아하며 눈물 나게 웃는다.
역시 본능이 시키는 대로는 기분을 후련하게 하는 게 있나 보다.

늦은 점심은 장어로 결정, 바다가 보이는 풍경 값까지 치른 식사는 곁들인 찬이 깔끔하고 다양하게 많이 나온 성찬이었다.

해가 짧아졌다.

마음 가는 대로 놀아본 휴일 몇 시간 바람든 풍선은 가을하늘에 날려 보내고 그녀들은 아쉬운 꽃게걸음으로 게거품이 바글대는 일상의 소라딱지 안으로 들어간다.

개가 애였어

2년 전 이사를 왔지만, 옆집은 젊은 부부가 살고있어도 가끔 마주치면 눈인사만 할 뿐 왕래는 없었다. 가끔 문 여닫는 소리와 함께 "엄마 아빠 다녀올게. 아이구 이뻐라~"하는 사랑스런 말투가 종종 들려올 때면 "저 집 아기는 참, 착하네. 우는 소리가 없어?" 라고 생각했다.

그러던 어느 날, 내가 아파트 근처 공원에서 조깅하는데 낯익은 얼굴이 보였다. 옆집 젊은 부부였다. 아기 띠로 아기를 각자 하나씩 안고 담요로 폭 감싸 안고 걷는다.

나는 다가가서 "두 분이 아기 안고 운동 나오셨네요? 쌍둥이예요?"

"아, 예 우리 이쁜 아기들이에요. 쌍둥이는 아니에요."

"그럼, 연년생이군요. 에구 힘들겠네요. 어디 보자~"

가슴팍에 콕 감싸안은 천을 떠들어 보니 엄지손톱만 한 검은 단추 같은 눈을 동글동글 굴리며 나를 빤히 쳐다본다.
나는 흠칫 놀라며 "얘가 개예요? 아기인 줄 알았어요." 두 마리 강아지였다.
우는소리가 왜 한 번도 없었냐 물으니 아파트 살다 보니 개 짖는 소리가 소음이라고 해서 예방 차원에서 성대 수술을 했다고 한다.
결혼한 지 4년 차라는데 아기는 계획이 없다고 한다.
아이 키우기가 넉넉하지 않은 사회 제도나 시스템 탓도 있겠고 개인 사정 또는 개인 취향도 있겠지만 요즘 청년들의 신혼 살이의 변화가 아기보다 사뭇 개인 것이다.
집 대문을 열고 들어서면 꼬리를 흔들며 납작 엎드려 핥고 기고 복종한다. 온몸을 다해 반겨주니 얼마나 이쁘겠는가. 하지만 본능을 죽이면서까지 소리조차 내지 못하게 만든 인간의 이기는 도대체 어디까지일까? 생각할수록 씁쓸하고, 아기인 줄 알았던 바로 걔가 개였다.

걔가 개였어? (1)

그녀는 화장품을 팔면서 마사지까지 겸해서 가가호호 방문한다.

어느 날 지인에게 고객을 소개받았다.

전화번호를 받고 소라아파트 101동 108호 이름은 보미 엄마라고 한다.

며칠 후 그 댁에 전화했다.

"보미 어머니세요?"

그렇다고 대답해서 오후에 방문한다고 하니 기다리겠다는 화답을 받았다.

아이가 있는 집이니 그냥 가기도 그렇고 마트에 들러 음료며 과자를 샀다.

"딩동!"

벨소리와 함께 문을 열어준다.

"보미 어머니시죠?"

"네, 반가워요."

거실로 들어서니 조용했다.

아이는 학교에서 아직 하교하지 않은 것으로 보였다.

그녀는 가져온 음료와 과자봉지를 내밀면서 보미 주라고 말하니 고맙다고 받으면서 방문을 연다.

"보미야, 우리 딸 이리 나와!"

그러자 발톱에 빨간 매니큐어까지 바르고 갖은 치장을 다 하고 멋을 부린 강아지가 멍멍, 짖으면서 꼬리는 물론 온몸까지 부잡스럽게 흔들며 달려 나온다.

"어머나~

보미가 개였어?"

개가 개였어? (2)
-형님이의 사생활

기존 규격에 맞지 않고 건물이 크다면서 철거 또는 시정하라는 공문서가 날아왔다.
규제받은 문제의 문건은 300평쯤 하는 주택의 마당 한 쪽에 어른 몸짓만 한 시베리아허스키 개집이다.
하늘에서 감시하며 훑어보는 드론이 포착하고 사진 찍어 갔던 것이다.
개 이름은 형님이다.
잘생기고, 우람하다.
안주인과 함께 밖에 나와 느긋하게 한가로이 걷다가 멈추면 주인 여인 옆에 차렷 자세로 엄숙하게 주변 경계 태세를 갖춘다. 그 모습은 어느 영화 한 장면의 보디가드 포스다.
주인과 원활한 상호작용 그리고 밖에서 다른 반려견들과의 원만한 사회성이 필요하다며 간식과 물

병을 넣은 배낭을 메고 강남에 있는 애견 학교에 다닌다.
웬만한 중학생 덩치만 한 형님이는 일주일에 서너 번 도그메이트가 와서 운동도 시켜준다.
주인이 외식할 때면 먹다 남은 음식을 싸 오는 게 아니라 족발 또는 갈비탕을 아예 한 그릇 시켜서 포장해서 형님이에게 준다.
주인이 삶의 생존경쟁이 고달픈 바깥 일상에서 정서가 피폐해져 집 문을 들어서면 조건이나 상황을 가리지 않고 옳고 그름을 따지지 않는 형님이가 격하게 반가워한다.
차랑차랑 흔들어대는 꼬리는 주인이 목표를 달성한 고지에서 욕구를 충족시키고 벅찬 기쁨을
흔드는 깃발 같다.
모든 것을 다 주고 싶지, 뭔들 아깝겠나!

요즘 길가 또는 공원에, 유모차에 강아지를 태우고 밀고 가는 사람들을 흔하게 본다.
저출산이 심각해지면서 아기 전용 유모차는 애견

유모차로 당연시된 지 이미 꽤 된듯싶다.
슬쩍 들여다보고 아기가 타고 있으면 오히려 신기해서 다시 쳐다보게 된다.
사람 사이 정이 메마른 현대인에게 정서적 안정을 주는 애완견을 긍정적으로 인식하는 면이 있고 그에 대해 필요성을 갖게 하는 것 같다.

형님,
내가 죽어 다시 태어나면
지금 네 주인의 형님이로 태어나고 싶어.

사람을 잃은 공원

봄꽃이 지고 초록이 만개하며 유월 문지방을 넘었다.
코로나 성화로, 때 이른 폭염주의보로 언짢은 마음의 연속이다.
햇빛은 선명한 솜구름을 찐빵으로 쪄낼 것같이 이글거린다.
그래도 바람은 청량하게 불어 깔끔한 것을 보면
실비가 쥐 오줌 지리며 새벽을 지나갔기 때문이다.
만연한 코로나는
사람을 하루하루 만성으로 길들이려 하고
억울한 심사를 사납게 들이대고 싶다가도 심란한 마음만 팔락대고 있다.
일상의 자유가 개인 의지와 상관없이 바이러스 세상 멍석말이로 불현듯 묶였다.

갈망했던 유럽 여행이나 진즉에 다녀올 걸 언제 갈 수 있을지 기약 없는 아쉬움에 스멀스멀 올라온 뜨거운 김은 더위와 겹쳐 머리 뒤꼭지에서 끓는다.
사람은 공원 의자에 띄엄띄엄 오래 있을 것 같지도 않고 금방 일어설 것 같지도 않은 게 편치 않은 어쭙잖은 자세다.
입마개로 단단히 말을 닫고 빠끔히 보이는 눈빛만으로 서로를 가늠하고 짐작하고 있을 뿐이다.
발 앞에서 비둘기들이 날지도 뛰지도 않고 한량하게 걷고 있다.
건방지게 눈동자를 반들반들 굴리며 감히 빤히 쳐다보고 던져주는 먹이를 먹는 순간 본능이 죽고 복종하며 주체할 수 없을 만큼 살찐 배는 풀밭에 닿아 실룩이고 있다.
삼삼오오 모여 앉아 휴식을 취하고 굵직한 수다가 사람인 양 구룩구룩 풀밭의 점심 식사, 마네 그림처럼 한가롭다.
빈정상한 듯 목을 빳빳이 쳐들고 비둘기들과 눈싸움을 해보지만, 헛웃음이 자꾸 나오고 그저 이런 일상을 이제는 받아들이는 훈련이 필요함을 느낀 사람은 허탈하고 무겁게 공원 밖으로 걸음을 뗀다.

4부.

혼자 피는 들꽃

혼자 피는 들꽃

찬 바람이 스산하게 불고
나뭇잎도 다 떨어진 겨울이
문지방을 넘어섰다.
어르신은 여든 중반을 넘었으니
만병은 고약같이 덕지덕지 붙어 삭신이
활발하지 못하고 무말랭이처럼 생기를 잃어가지만
외출 없어도 매일 화장을 한다.
겨우내 먹기 위해 초겨울에 김치를 담가서
저장하는 연례행사가 있는 것처럼
눈이 와서 길 미끄럽기 전에
얼른 파마하고 겨울나야 한다며
미용실 가자고 채근한다.
망건 쓰다 장 파한다는 말이 있듯이
어르신의 어쩌다 외출은

그야말로 동행자는 인내 그 자체다.
동네 미용실 가는데
옷을 이것저것 번갈아 입어보고
하다못해 철 지난 옷까지 걸쳐본다.
파마하면 어차피 얼굴도 씻을 텐데
화장이 무슨 필요고 눈썹이 잘 안 그려진다고
타박이 웬 말?
미용실 가서까지 소싯적에 내가
한 끗발 날린 여자라며 가오를 잡고
눈깔사탕같이 동글동글 이쁘게 말아달라
겨울나고 봄 될 때까지 오래 가도록
꼼꼼하게 말아 달라는 등 요구가 많다.

미용실을 나서는데
펄펄 눈이 내린다.
동글동글 흰머리 위에
송글송글 하얀 눈이 살포시
앉으면서 햇빛과 어우러져
구슬처럼 빛이 난다.

어르신 발걸음도 개운해 보인다.
집에 오니 시장하다고
바글바글 끓는 된장찌개의 김 서림이
뽀글뽀글 볶은 머리 위에 어우러져
구수한 화분에서 이 세상에 하나밖에 없는 들꽃이
피어난다.

고독해서 오는 반항

“에휴~이게 뭐예요? 큰일났구먼.”

휴일 잘 보내고 월요일 출근한 요양보호사는 기겁한다.

어르신이 등을 보이며 아프다고 한다.

들여다보니 등이 온통 벌겋게 달아있고 살 거죽이 흐물흐물하다.

성이 난 상처는 뾰록뾰록 끝부분에 누런 농가진에 독이 올라 있었다.

“에휴~어르신 등이 왜 이런데요?”

“응! 내가 그제 밤 모기가 등에 들어가 물어서 어찌나 가려운지 누가 긁어줄 사람도 없고, 효자손으로 북북 긁다가 성에 안 차서 에프킬라를 냅다 뿌려댔어.”

“어르신! 지난번에도 발 살 거죽 다 탔잖아요.”

어르신은 지난번에도 구십이 코앞인 나이에 육 씨

랄 무좀이 거머리처럼 붙어 평생을 괴롭히고 있다며 뚝 떼어 버리겠다고 락스에 발을 담갔다.
락스에 담근 발이 허물이 자꾸 벗겨져 갓 태어난 생쥐처럼 빨건 발을 쳐다보면 머리끝이 쭈뼛 혐오스러웠다.
보호사는 얼른 병원 가자고 하면서
“어르신! 지금 사신 세월이 얼마인데 자꾸 무모하게 그러세요. 요즘 약이 얼마나 좋은데.”
그러자 책망하는 것 같아 기분 상하셨는지
“칫, 나이를 누가 거쳐준대?
정신도 몸도 다 훔쳐 가고 병까지 주었어. 병원은 뭣 하러 가?
약은 뭐 공짜야? 약 한번 줄 때 약한 알에도 서너 가지 병 딸려 보내는 거 내 모를 줄 알어?
병 주고 약 주고 약 주고 병 주고
세상살이가 통시에서 개 부르듯
그렇게 쉬운 건 아니지.
사는 게 가혹허구
사는 게 고독혀~”

담배 점방 할머니의 "절대로"

담배 점방 할머니는 팔순이 눈앞에 와있다.
손님이 없을 때는 수시로 점방 입구 유리창 너머 빤히 보이는 가게 앞 큰길 횡단보도를 하염없이 쳐다본다.

"저기 신호등에 서 있는 할머니 좀 봐, 퍼런 숫자가 다 끝나고 빨건불이 들어오기 전에 건너갈 수 있을까?
에휴!
난, 절대로,
쓸데없이 밖에 나돌아다니지 않을꺼야."

어느 날 담배 점방 할머니는 큰길 건널목에 물끄러미 눈이 간다.

"저기 길 건너는 할머니 좀 봐, 지팡이 짚고 찔둑찔
둑찔둑 에휴!
난 절대로, 지팡이 짚고 다니지 않을꺼야!"

담배 점방 할머니는 등이 ㄱ자로 점차 굽어가고 생
각만 꼿꼿하다.
그 후 어느 날 담배 점방 할머니는 유모차를 끌고
온 이웃 할머니 손님과 담소를 나누는데 담배 점방
할머니는 지팡이 짚었다가 또 위로 아래로 들었다
가 내렸다가 손짓, 발짓도 지팡이로 대신하는 게 능
숙해 보인다.
이웃 할머니가 점방 문을 나서서 큰길 건널목을 유
모차로 밀고 건너가는 모습을 물끄러미 바라보며

"쯧쯧! 난 절대로,
유모차 안 밀고 다닐 거야!
바퀴 달린 저 흉물!"

할머니 허리는 점점 더 오그라들고 물기 빠진 무릎마저 통증은 소스라치게 놀랄 만큼 뼈마다 불협화음이다.
담배 점방 할머니는 맞은편 정형외과를 향해 건너가고 있다.
큰길 기다란 횡단보도를 흉물 유모차를 단단히 붙잡고 밀며.

매일 부르는 찬가

"어맛 깜짝이야! 에구~ 왜 또 불을 안 켜고 계세요?"
"아이구, 혼자 있으면서 뭣 하러~ 돈만 나가지
보호사 선생, 자네 왔으니 이제 불 켜게…"
반지하 문간에 초췌하게 앉아 매일 똑같이 요양보호사를 맞이한다.
"어르신! 돈 아끼지 말고 더울 땐 에어컨 켜며 시원하게 사시고 추울 땐 보일러 때고 따숩게 사시고 전깃불도 환하게 켜고 사세요"
말이 끝나기가 무색하게 얼굴색이 울그락 붉으락 하더니 말끝을 꼿꼿하게 세우고 습관처럼 앵무새 푸닥거리가 시작된다.

"내가 치마 동냥을 해서라도 내 자식들 주눅 들지 않게 공부도 많이 시켰어. 잘 키우겠다는 일념 하나로 말이여. 그러고도 지들 집 산다, 급하게 돈 필요로 하다고 손 벌릴 때마다 돈다발 따박따박 받쳤어. 내가 미쳤지 에휴~ 자식들 다 웬수고 부질없어. 나라에서 늙은이들 보살피라고 보내줘서 매일 세 시간 동안 같이 있어 주는 보호사 선생 자네가 내 복이고 로또일세"

도돌이 푸념을 듣고 보호사가 거들 수 있는 말은, 꼭 움켜쥐고 주지 말았어야지 왜 바보같이 주셨냐는 말을 하고 싶었지만, 그런 말 또한 도돌이 책망일 뿐이다 싶어 들어주기만 할 뿐.

그러면서 그렇게 생각하는 자신도 부모로서 같은 상황에 마주쳤다면 외면할 수 있을까? 스스로 그것에 결코 자유로울 수 없음을 안다. 겸연쩍어하면서 잠시 주춤하는 사이에도 쉴 새 없이 부풀고 있는 그녀의 말풍선.

"장딴지에 심줄이 불뚝불뚝 튀고 손톱 밑이 헤져서 발랑 뒤집혔어. 이 손 좀 봐봐 손톱도 몇 개 없는 병신이지? 나는 여자도 아녔어. 손톱에 이쁜 칠 한 번

못 해보고 가슴에 숯검정만 칠했어. 돈 가져갈 때는 용돈에 이자까지 주고 호강을 원 없이 시켜준다고 반질반질 잘도 나불 대더구만, 어이구 턱밑에 찰싹 붙어서 내둘 때는 세 치 혀에 속았어! 내가. 나는 노적을 쌓아서 뭉탱이로 던져주었구만은 지들은 나를 싸레기 밥도 지대로 안주는 고얀 것들. 뼈에 골까지 쪽쪽 빨아먹더니 이제 나올 게 없으니 거지 늙은이가 귀찮다 이거지? 집에 무서운 사람이 없으니 싸가지들이 없이 커서 그래. 지아부지 있었으면 지들이 나를 수수방관 못 하지! 암만…."

그녀의 이야기 속에 남편 부재의 오랜 서러움이 함께 녹아 있음이 엿보인다.

"하늘로 먼저 가신 남편분이 보고 싶으세요?"

"그럼 그럼, 징하게 보고 잡혀서 울기도 많이 했지. 사랑해서 보고 싶은 것하고 방귀 뀌고 싶은 건 못 참는다고 왜 그리 보고 잡겠나? 지금도 남몰래 요 바닥 밑에 사진을 넣고 잔다우"

그녀는 남편 이야기에서 금세 화색이 돈다.

오늘도 요양보호사는 늘 하던 대로 "어머! 그렇구

나!" 추임새 넣으며 장단을 맞춘다.
울고 웃는 그녀의 이야기 음률에 몸을 싣고 여행하
고 노닌다.
뜨거운 하와이, 차가운 알래스카 훈풍의 제주도를
넘나들며.

'이젠 안 참어!'

"내가 뭘 잘못해서 욕을 먹어?
젊어서 신체 멀쩡할 때도 마누라 앞세워 돈 벌게 하고
반건달로 살면서 술하게 손찌검당했어.
있는 돈, 없는 돈 강도처럼 털어가곤 하더니,
뇌경색 와서 변소 칸도 없는 학고방에서 십수 년,
지금껏 산송장 씻기고 밥 떠먹이고 있어."
요양보호사 가방도 내려놓기 전에 서릿발 콧김을
푸욱 푹 내뱉으며, 팔순이 다된 여자의 푸념이 끓는
냄비뚜껑처럼 뜨겁게 달달댄다.
"할아버지 얼굴, 목이며 팔 이게 웬 상처예요?
일어서지도 못하는 분이 걷다가 넘어진 것도 아닐
테고, 혹시, 누가 팼어요?"
"그려, 내가 저 영감탱이 죽자고 팼어."

흥분 또한 펄펄 끓더니 한 김 빠지고 진정되니까 다시 조곤조곤 말씀하신다.

"집 앞 맞은편 길만 건너면 있는 병원 가서 물리 치료받고 오겠다고 말하고 대답까지 듣고, 한 시간 다녀왔는데, 네년 거기에 언 놈 그것 박고 여태껏 있느라 안 왔냐며 갖은 욕 지랄을 다 하잖아. 한두 해도 아니고 소귀에 경 읽기라 욕질은 제쳐두고, 파리 몇 놈들이 이리저리 정신 사납게 앵앵 나풀대기에 파리 잡을라고 파리채를 들었는데,
죽은 우리 엄니 들먹이며 욕을 하는 거야, 개 씹에서 나온 년이라고.
너는 소 씹에서 나 왔냐? 하고는 듣는 순간 파리채를 있는 대로 힘껏 휘둘렀는데 정신을 차리고 보니 영감 살 보이는 데는 죄다 상처더라고. 가운뎃손가락까지 시퍼렇게 멍이 들은 게 뼈를 다쳤나, 퉁퉁 부어올랐구만.
에구! 말대꾸 한 번 제대로 못 하고 살았던 내가 미쳤나 봐."

여자는 자조 섞인 말도 했다가
“아녀, 아녀 아녀, 잘했어, 지마누라를 평생 노비로 알어? 애당초 한 대 맞으면 두 대 때렸어야 하는데. 이제라도 패야 정신 차리지”
스스로 합리화하기도 한다.
남편이 숟가락 놔주는 밥상 한 번 받아 보는 것이 소원이지만, 숟가락도 못 쥐게 됐으니 밥상 받기는 애당초 글렀고, 말이라도 곱게 해야 될 것 아니냐며, 마비는 험한 소리 함부로 내뱉는 저 주둥이에 왔어야 한다며 요양보호사에게 또다시 억울함을 호소한다.
평소 어르신을 볼 때 물기 없는 시든 꽃 같았다. 그래서 상한 마음을 예기하실 때마다 요양보호사는 잘 들어 드리는 것으로 위안했다. 오늘 일은 조심스럽게 한마디 해본다.

“어르신! 독을 지닌 전갈이나 지네 독사처럼 사람도 화가 너무 많이 나서 살기 오를 때가 있나 봐요.

그게 독이 아닌가 싶어요. 잘못 맞으면 치명적일 수도 있어요. 죽을 수도 있다구요. 그러니 화가 나도 자제하시고 말로 하세요. 폭행은 안 돼요. 여태껏 잘해오셨잖아요? 남편분이 여든일곱이에요. 구순이 코앞이고, 아기라고 생각하세요. 엉뚱 아기요 참으세요!"

요양보호사는 참으라는 말을 하면서도 남편에게 반격하고 사정없는 저항이, 자신의 삶을 잃어버리고 살아온 여자의 반 시체가, 이제라도 벌떡 일어난 것 같은 묘한 희열감을 느낀 것은 뭘까?

말이 끝나기가 무색하게 박차고 나가시며 하대 받는 설움이 엄동설한 단단한 고드름 맺힌 듯 날카로운 한마디,

"이젠 안 참어!"

차마 바람도 자는

“늙으니 깨진 질그릇 맞추어 놓은 것 마냥
삭신은 바스락거리는데 대가리는 좀 성한지
쓰잘데없는 생각만 많아서 잠이 안 와“

두 해 전만 해도 이런저런 혼잣말을 하고 숨찬 소리로나마 엷게 들릴 듯 말듯 투정도 툴툴 내뱉었다.

서슬 퍼런 날을 세우고 무섭게 가는 세월 안에서 소리를 잃고 지금은 방 한자리에서 누워있거나 간혹 웅크리고 앉아 있을 뿐.

한겨울 창문 밖으로 보이는 민둥 나무 꼭대기 가지 끝에 두어 개 남은 말린 잎 새가 곱사등으로 외줄을 타고 남은 하루하루 종을 치고 있다, 노트르담 성당의 종지기처럼 문안 인사에 눈만 마주치면 애벌레처럼 꾸물꾸물 일어나 자라목을 쭉 빼고 물기 없는 눈알만 도록 거리며 씨익, 수줍게 웃는 105세 소녀는 이부자리 위 지푸라기처럼 가볍게 놓여있다.

모내기 철 물을 대놓고 넘실대는 논 한 가운데에 우렁이가 새끼 다 까고 알맹이 없는 빈껍데기만 둥둥 떠 있는 듯하다.

하지만,
105세 소녀는 가마 타고 시집가는 꿈을 꾸는 듯 자면서도 배시시 웃는다.

온종일 콧바람 한 점 일지 않는 적막은 바람 잘 날 없던 쓴 세월의 그 바람마저 그립게 한다.

할머니의 한숨

"여기 이쪽, 아아니, 조금 더, 그 옆에"

출근한 요양보호사를 보자마자 아픈 곳을 만져보라고 앓는 소리를 한다.

"그전엔 허리가 안 아팠어. 등쌀만 발랐지."

병원 가서 주사를 맞아야 할까? 보다는 말에 보호사는 안된다고 질색한다.
병원 동행해서 주사를 열 군데 넘게 맞는 걸 보고 온 지 얼마 안 됐다.
전엔 일 년에 한 번이었던 것이 8개월 만에 다음은 6개월 만에 점점 간격이 좁혀지면서 중독된 것처럼 지금은 두 달에 한 번씩 어깨, 등, 허리에 예닐곱

대를 맞는다. 가죽만 남은 85세 뼛속에 쑥쑥 찌르고 지금은 주사 맞은 지 한 달도 안 됐는데 또 맞겠다니 몸뚱이가 견뎌낼 수 있겠는지, 놀랄 수밖에.

그녀는 하반신불구 병든 남편을 십오 년을 치다꺼리하다가 4년 전 돌아가시고 난 후 하늘을 날고 싶을 정도로 홀가분하게 살았고 편안하게 좀 사는가 했더니 이제는 성한 데가 한 군데도 없이 아프다.

아픈데 자꾸 더 밖으로 다니고 싶고 반신불수 되어 휠체어 끌고 다니는 추접스러운 노인이 되었다고 압력솥 호박 삶듯 푹푹 한숨이 요란하다.
게다가 자식이 은행에서 어르신 이름으로 돈을 꾸어 써서 빚이 있다고 태산 같은 걱정이다.
그러면서도
"하긴 세상에 태어나는 자체가 빚이라 아기들이 우는 거야
울지 않으면 저능아지,
그렇지만 울지 않는 아이는 빚은 없지!

늙으려고 아프고

아프려고 늙고”

할머니의 혼잣말

그냥저냥 사는 거지
자고 일어나서 꼼지락거려지면 또 오늘 사는 거지 뭐
에구 죽으려면 죽을 만큼 아프던지 그렇지 않으려면
이놈의 몸뚱어리 아프지 말게나 하던지
이러다가 양로원 갈까? 무서워 팔십이 넘었으니
많이도 살았지, 진즉 산으로 갔어야 했는데 이렇게
살고 있으니…
세상도 우째 이리 험악하누, 사람을 사람으로도 안 봐
텔레비 보면 사람을 개미 새끼로 보니까 폭탄 불질
해서
다 죽이잖어 그러잖아도 경로당에 가서 조금 앉아
있다.
보면 살겠다 소리는 못 들어봐
여기저기서 죽는다는 말뿐이야

발 시려 죽겠다.
허리 아퍼 죽겠다.
무릎 아퍼 죽겠다.
새끼들이 속 썩여 죽겠다.
속 쓰려 죽겠다 오죽하면 손 시려 죽겠다고도 해
아이구 남이 죽이고 내가 죽고…
사는 게 이슬과 똑같어 당최 언제 죽을지 모르지만
자취도 없이 사라질 것 아녀?

발이 예쁜 복순씨

"백 살이~다 돼가니~물이 빠지듯~ 다 빠지네~~
머리털도~다 빠지고~아래 털도~ 다 빠지네~~
가지가지 갖은 병은 구부러진 곱사등에~
가득 짊어지고~
힘 빠진 방안 퉁으로~버티고 있는~
묵은 장롱 신세로세~"

90세 복순씨는 중증 치매다.
모든 언어를 가락으로 말한다.
엉덩이를 바닥에 붙이고 앞뒤로 왔다 갔다 흔들다
가 뱅글뱅글 돌기도 한다.
기억하고 싶은 것만 기억하고 같은 얘기를 반복한다.
어릴 적 추억을 소환해서 판소리 한마당을 벌인다.
쉬지 않고 전래동화 들려주듯 창을 한다.

왜정 때 일본 놈들이 총알 만든다고 곡괭이 쇠붙이며 목화까지 공출했단다.
손톱 발톱까지도 빼 갈 놈들이란다.
부잣집 딸로 살아서 게시 치마에 꽃무늬 진보단 저고리 입고 공부를 많이 해서 뭐든 다 안다고 한다.
한문, 일본어는 소학교에서 배우고 어느 날 학교에서 '소나무'하고 쓰는데, 한글 쓰지 말라며 선생님이 공책을 확 뺏어가서 당황했고 학교에서는 우리나라 말을 잘 쓰지 않았다고 한다.
영어는 남편한테 배웠다고 한다.
남편도 공부를 잘해서 한전에 근무했다고 한다.
남편 잘 만나서 틈틈이 영어도 배우고 영국 미국 호주 등 안 가본데 없고 모르는 게 없다고 제법 자랑이 애교스럽다.
눈뜨고 있는 시간이면 왼 종일 내내 얘기를 하면
"아! 그러세요?
그렇군요!
에구, 어쩌나~!
좋으시겠네."

장단을 쳐 준다.
보호사가 물도 드리고, 간식도 입에 넣어드리면서
“너무 재밌어요.”
추임새까지 넣어주면 신나서 기분이 고조 되고 흥분에 가깝게 얘기한다.
동생이 쪽쪽 빨아먹고 있는 막대사탕을 자기 것 다 먹고 옆에서 빤히 쳐다보고 있는 형에게 뺏길까 봐 손을 부들부들 떨 듯이 복순 씨도 자신의 이야기보따리를 채갈까 봐 말 노래가 빨라지고 아래턱을 덜덜덜 떨며 손뼉 치고 소리 내 웃는다.

복순 씨는 공수표도 잘 날린다.
해외 갈 때마다 기념으로 사놓았다는 각 나라 국기가 있다.
어느 날 문득 캐나다 국기를 선물이라고 준다.
그리고 머리맡 서랍을 열더니 네모난 줄자를 준다.
국기는 집에 애들 세계 공부하라고 주고 줄자는 인생을 마디마디 자로 재가면서 잘 살라고 주는 거란다.

어느 날은,
“나한테~ 잘해서 고마워서~자를 줬는데~
아무래도~내가 아쉬워~허리 치수도 재야하고
이 둘레~저 둘레~ 재야 하는데 자가 있어야 해~”
짐작한 대로 물건을 다시 찾는 복순 씨에게
“네, 어르신 필요할 줄 알고 가져왔어요.”
복순 씨는 보호사 손을 꼬옥 잡고 고맙다며 옷 한 벌 사준다고 한다.
공수표도 좋으니 흥마당을 이으면서 이대로 오래 사시고
절대로 완창을 바라지 않는 것이 보호사 마음이다.

겨울이라 다섯 시 반쯤 되면 밖은 어스름하다.
퇴근 시간 삼십 분 남겨놓고 혈액순환이 부족한 관계로 발이 차가워진 복순씨를 위해 늘상하던 대로 대야에 따순물을 담아 족욕을 시켜드린다.
장딴지부터 발을 비누 거품을 뽀록뽀록 마사지하듯 문지르면서
“어르신 발이 참 예뻐요.”

아기 추장처럼 웃으며 복순 씨는 화답하신다.

“응! 내 발은 뒤꿈치도 달걀같이 이쁘지!”

해를 보내며

달력 꼬랑지에 달랑 매달린 마지막 낱알이 떨어지고 있다.
막달이 중간쯤 되었을 때부터 귓가에 이미 제야의 타종 소리가 맴돌며 잔소리처럼 나무란다.
일상을 고요하게 보낸 안일함과 앞으로 한해가 몇 번이나 남았을까 조급함에서 오는 무책임한 현타가 등짝을 친다.
묵은때를 벗고 새로운 날로 가야 한다지만 달갑지 않다.
받아들일 마음 없지만, 시간의 무례한 달음박질이 일단정지 한번 없다.

뒤따라오는 호랑이보다 앞서가는 세월이 더 무섭다는 말처럼 태어난 후 반세기가 훨씬 넘은 지금,

한창 젊었던 시절을 세월에 팔려 온 것 같은 서운함이 크다.

세월이 치고 들어오는 일련의 수작들은 허술한 신체 곳곳을 조준해서 화살을 날리고 정직한 몸은 상처받고 무기력해진다.

옥상 처마 밑에 방치해 놓은 질그릇 방구리에는 며칠 전 우중에 빗물이 고였다.
겨울 햇살을 풍부하게 담은 하늘이 그 안에 있었고
선물처럼 던져놓은 뽀얀 구름이 소롯이 떠 있다.
바람이 부는 대로 방구리 안 물결 작은 음파가 내 안에 경직된 살얼음을 산산이 깨주고 어수선하게 파동치는 마음을 겉에서 속까지 깊숙하게 안아준다.
아쉬움을 상쇄라도 하듯 꼬여진 오장이 반듯하게 일어선다.

해맞이하며
차차 성숙한 삶을 위해 긴장을 이완시켜 본다.

집게 발가락

초판 1쇄 발행 2024년 9월 9일
초판 1쇄 인쇄 2024년 9월 9일

지은이 이경숙

디자인 포레스트 웨일
펴낸이 포레스트 웨일
펴낸곳 포레스트 웨일
출판등록 제2021-000014 호
주소 충남 아산시 아산로 103-17
전자우편 forestwhalepublish@naver.com

종이책 979-11-93963-39-5